ベリーズ文庫

望まれない花嫁に愛満ちる初恋婚
～財閥御曹司は想い続けた令嬢をもう離さない～

吉澤紗矢

STARTS
スターツ出版株式会社

目次

京極史輝
旧財閥『京極グループ』の御曹司。母親同士の繋がりで出会った美紅のことを、大切に想っている。
笛吹美紅
幼い頃に母を亡くし、伯父夫婦に引き取られ冷遇されてきた。高校卒業後は、使用人として働かされている。
財閥御曹司は想い続けた令嬢をもう離さない
望まれない花嫁に愛満ちる初恋婚

Character Introduction

■ 京極一族について

京極銀行を頂点として国内外に数多くの企業を抱える国内最大の企業グループ。
各社の重職を、京極本家とその親族にあたる分家の人間が務めている。

■ 一族のルール

京極本家の当主の妻は、分家の令嬢から選ぶ。ただし近すぎる血縁はNG。

京極家【本家】

史輝の父・隆志

現在の京極家当主。ある理由から妹の令華に負い目を感じ、奔放な行動を容認している。

美紅の伯母・令華

当主夫人の死後、一族で大きな力を持ち我儘放題。過去に美紅の母との確執があり嫌っている。

笛吹家【分家】

美紅の母

未婚で美紅を出産。史輝の母親とは仲の良い友人。美紅が10歳の時に事故で命を落とす。

美紅の伯父

未婚で子を産んだ美紅の母を一族の恥だと思っており、美紅に対しても冷たい態度。

美紅の従姉・百合華

美人だが自信過剰。見下している美紅が本家の花嫁に選ばれて憎しみを募らせている。

望まれない花嫁に愛満ちる初恋婚
～財閥御曹司は想い続けた令嬢をもう離さない～

プロローグ

パラパラと霧雨が降る中、笛吹《うすい》美紅《みく》は、迎えの車にひとり乗り込んだ。

今日、幼い頃から十年以上暮らした家を出る。

見送る者は誰もいない寂しい旅立ち。

けれど少しも寂しくないし、自分でも驚くくらい未練がない。

ここはそれ程安らげる場所ではなかったということだ。

つくづく実感しているうちに、車がゆっくり走り出した。

これから向かうのは、美紅の夫になる京極《きょうごく》史輝《しき》が暮らす屋敷だ。

彼は美紅の幼馴染であり、初恋の人でもある。

と言っても彼に女性として愛されている訳ではない。

この結婚は、政略結婚のようなもの。

ふたりの間にあるのは、幼い頃のひと時を過ごした思い出くらいだ。

それでも美紅は、史輝を昔と変わらず慕い、とても大切に思っている。

女性として愛されていなくても、彼のよい妻になれるように努力したいと心から思うほどに。

しばらく走ると、ぐるりと塀で囲まれた屋敷が見えてきた。

立派な門の先は背の高い樹が並び立ち、まるで小さな林のようだ。

車が門を通過し進むに連れて、懐かしさがこみ上げる。

幼かった美紅と史輝が、手を繋ぎながら歩いた庭。

思い出に浸りながら窓の向こうを眺めていると、青みがかった灰色の屋根が見えてきた。

樹々が途切れ、大きな洋館が現れる。

車寄せには見知らぬ男女が並んでいた。おそらく美紅を出迎えてくれる人たちだ。

ただ史輝の姿は見当たらない。

美紅は胸の痛みから目を逸らし車を降り、出迎えの人々に向けて笑顔をつくった。

一章　京極家の花嫁

「美紅どうしたの？　ちゃんとご挨拶しないと駄目でしょう」

目の前の美しい少年に見惚れていた美紅は、母の声で我に返った。

「こんにちは。うすいみくです」

慌ててお辞儀をすると、挨拶を受けた少年が優しそうに目を細めてくすりと笑う。

「美紅ちゃん、丁寧にありがとう。僕は京極史輝というんだ。よろしくね」

「はい、よろしくおねがいします！」

美紅はなんだか嬉しくなって、張り切って答える。

そのやり取りを微笑ましく見守っているのは、ふたりの母親だ。

「早速仲良くなったみたいでよかったわ。史輝、美紅ちゃんをお願いね」

母親の言葉に、史輝が頷く。

「はい母さん。それじゃあ美紅ちゃん行こうか」

「うん！」

美紅は史輝が差し出した手を、躊躇いなく掴んだ。

「美紅、史輝くんの言うことをちゃんと聞くのよ！」

史輝と手を繋いで、林のような広い庭の奥に向かう途中、母の声が追いかけてくる。

「はーい」

振り返り、元気に手を振った。

いつもは母と離れるとすぐに心細くなってしまうが、今は史輝がいるから怖くない。

「えっと、しきくん？」

「どうしたの？」

「ママたちは、だいじなお話があるんでしょう？」

「そうだよ」

「みくたちはどこに行くの？」

首を傾げると、史輝が庭の更に奥を指さした。

「向こうの木の枝に、鳥が巣を作ってるんだ。美紅ちゃんに見せてあげたくて」

「ほんとうに？　みく、鳥すきなんだ！」

美紅が顔を輝かせると、史輝がほっとしたように微笑んだ。

「よかった……ほら美紅ちゃん、あそこだよ」

「わあ、すごい！」

史輝が示す先では、青い鳥が二羽、優雅に飛んでいた。美紅が初めて見る鳥だった。

夢中になってその様子を眺めている間、史輝はずっと側についていてくれた。

気が済むまで観察した後は、近くのベンチに座って、おしゃべりをした。

「しきくんは何才なの？」

「十才だよ。美紅ちゃんは五才だったかな？」

「うん。このまえ五才になったよ。ほいくえんにかよってるの。でも今日はママとお出かけだから休みなんだ」

美紅は嬉しくて、つい笑いそうになる口を小さな手で押さえた。

今日はいつも仕事で忙しい母との外出だから、すごくウキウキしているのだ。

生まれたときから父親がいない美紅にとって、母が全てだ。

「そうなんだ。よかったね」

「うん。それにしきくんとも会えてよかった！」

史輝のような綺麗な男の子を見るのは初めてだった。まるでこの前母が読んでくれた物語に出てくる王子様のようだと思う。

「しきくんのお家はすごく大きくて、鳥もいて、お城みたいだね！」

美紅がそう言うと、史輝がきょとんと目を丸くしてから噴き出した。

「お城じゃないよ」

「そうなの？　だからこれからも気軽に遊びに来てね」

「ほんとうに？　うん、またくるね」

それが美紅と史輝が初めて会ったときの出来事だった。

保育園や近所の友達とも違う、新しい友達。

信じられないくらい綺麗で優しくて、美紅はあっと言う間に史輝が大好きになって、帰り道は母に史輝の話を沢山した。

「鳥をみせてくれたの。しきくんとお友達になれて、たのしかったよ！」

「よかったわね。ママと史輝くんのママも、美紅くらい小さな頃からの友達なのよ」

「わあ、そうなんだ！　みくもママたちみたいに、しきくんとなかよくしたいな。またいっしょに鳥をみるの」

「それは楽しみね」

微笑む母の顔が、美紅の記憶に深く残った。

その後もときどき母に連れられて、史輝の家を訪ねた。

史輝の母は体が弱く外出が出来ないそうで、会うのはいつも史輝の家だった。

屋敷の敷地外で遊ぶことは叶わなかったけれど、美紅は、史輝と会えるだけでうれしかった。

史輝と一緒なら、どこだって時間を忘れるほど楽しい。

幼心に彼に恋していた。

それは美紅の初恋だった。

しかし美紅が十才になり母が事故で亡くなったことで環境が激変した。

保護者がいない美紅は、それまで一度も会ったことがなかった、母の兄に引き取られた。

美紅にとって伯父にあたる人だが、母と仲が悪かったそうで、娘の美紅に対しても、初めから冷たく、迷惑に思っているのが態度に表れていた。

生活に困らないようにはしてくれても、家族としては扱ってくれない。

伯父だけではなく、同居する伯母も従姉も美紅の存在を迷惑がっている。

優しい母との愛情溢れる生活から一転、誰も頼れない孤独な日々が始まった。

史輝と彼の母はひとりになった美紅を心配して屋敷に招待してくれたけれど、それもほんの数回で終わってしまった。

美紅の方から史輝の家に連絡をする手段がなかったのだ。

その後、史輝の母が亡くなったが、美紅が知ったのは葬儀が終わった後。伯父の口からだった。

同時に史輝が旧財閥『京極グループ』総帥の御曹司だということを知らされた。

美紅が引き取られた笛吹家は京極家に連なる分家のひとつで、明確な上下関係があるのだということも。

『そういうことだから、今後は史輝くんに馴れ馴れしくするのは止めなさい』

『……でも、史輝くんとは友達なのに……』

史輝の家が特別だということは分かった。だからと言って、仲良くしては駄目というのはおかしいと思った。

美紅の反論に、伯父は怒り目を吊り上げる。

『史輝くんは将来、京極グループの総帥になることが決まってるんだ。美紅とは天と地ほど立場が違うんだから、友達になれるわけがないだろう。とにかく史輝くんと会うのは許さないからな！』

大きな声で怒鳴られて、十一歳の美紅は大きなショックを受けた。

史輝と離れるなんて考えられない。

けれど、次第に彼の方から美紅と距離を置くようになり、ふたりの距離は遠くなるばかりだった。

その後海外の大学を卒業した史輝は、京極グループの中枢である『京極銀行』に入社し、次期総帥として相応しい活躍をはじめた。

対して美紅は高校卒業後、笛吹家の家事使用人として働くことになった。

その頃になると、伯父に言われなくても分かっていた。

一族のトップである史輝と自分は、別世界の人間なのだと。

美紅の初恋は、想いを伝える機会がないまま、ひっそりと終わった——はずだったのだ。

「美紅が京極本家の花嫁に選ばれた」

月日が流れ美紅は二十三歳になった。

笛吹家の家事使用人として働くようになり五年。すっかり仕事に慣れて毎日が淡々と過ぎていく。

ところがその日は突然伯父に呼びだされ、驚く言葉を告げられた。

「え……私が史輝さんの結婚相手って、そんな……」

心臓がドクンと大きく跳ねる。

史輝は、美紅にとって忘れられない初恋の相手。

けれど彼は京極グループの御曹司で次期総帥で、自分が関われる人ではないのに。

（そんな彼の結婚相手が私だなんて、どうしてなの？）

信じがたい状況に、美紅は激しく動揺した。

京極グループは、京極銀行を頂点として国内外に数多くの企業を抱えている日本最大の企業グループで、中核企業十社の重職を京極本家とその親族にあたる分家の人間が務めている。

各分家の発言力と影響力の強さには格差があり明確な序列が存在するものの、一族の結束は強く、本家当主の妻は分家の令嬢から選ぶのが慣例だ。

能力、実家の影響力、容姿、人柄など、選ばれる基準はいくつかあり、どれも高いレベルを求められるが、当主夫人の実家になれば一族内での序列が上がるから、どの家も選ばれるために積極的に努力する。

美紅の伯父が当主の笛吹家は、現在分家の序列一位だから、その令嬢が史輝の妻に選ばれても不思議はない。

ただ美紅は、笛吹家の血縁ではあるものの、娘扱いされていない使用人だ。

史輝の花嫁には相応しくなく、候補にすら上がらない存在なのだ。

ところが今日になって、突然本家から美紅が史輝の結婚相手に決定したと知らせが入ったため、伯父は慌てて美紅を呼んだのだそうだ。

「お前が次期総帥夫人だなんて……一体どういうことなんだ？」

執務机に肘を突いて頭を抱える伯父の態度は、明らかに今の状況を厄介に感じているものだ。

「まさか、自ら史輝くんに頼み込んだ訳じゃないよな？」

伯父がギロリと美紅を睨む。

「い、いえ、そんなことはしていません……史輝さんとは幼い頃に会ったきりですから」

美紅は慌てて首を横に振った。

「……たしかに、お前なんかが史輝くんに近付けるわけないが」

伯父は少し冷静になったのか、納得したように頷いた。

「しかし結局理由が分からないな」

再び伯父が悩みはじめたとき、書斎の扉がノックもなしに勢いよく開いた。

「知らせは聞きました。美紅が史輝の相手に選ばれたんですって？」

不機嫌そうな声で言いながら部屋を突っ切り伯父の隣に来たのは、彼の妻の令華《れいか》。美紅とは血の繋がらない伯母だ。

ひと目で高級品と分かるシルクのワンピースを着こなし佇む姿は優雅だが、美紅に対しては厳しく冷たい視線を向けている。

令華は京極本家の令嬢だった人だ。

結婚して家を出た今でも一族内で強い権力を持つため、伯父ですら頭が上がらない。

「ああ、そうなんだ。なぜ美紅なんかが選ばれるのか、まるで分からないが」

伯父が宥めるような声音で答えた。

「本当ね。笛吹家の娘を迎えたいなら百合華《ゆりか》を選ぶべきなのに。百合華は昔から史輝を気に入っているし、優秀で本家の妻になるのに相応しいわ」

「仕方ないだろう。元々、百合華は血が近すぎるから、花嫁候補にはしないと言われていたんだから」

百合華とは伯父夫婦の実娘で、今年二十五歳になる美しい女性だ。

名門大学を卒業後、伯父が社長を務める『京極建設』に入社し、役員秘書として働く京極家自慢の娘。

ただ史輝とは従兄妹の関係になるので、今回の結婚相手の候補から除外されていたらしい。

「百合華のことは納得できるが、美紅を選ばなくてはならないほどに笛吹家に拘る理由が、どうしても分からないな」

「たしかに違和感があるわね……それにしても、なにひとつ百合華に敵うところがないのに、運だけは一人前なんだから」

令華は本家の決定に対する憤りを吐き出すように言うと、所在なく立ち尽くす美紅に、まるで虫を追い払うような仕草をした。

「詳細を確認するから、あなたは仕事に戻りなさい」

「は、はい」

もう少し詳しい話が聞きたいが、居座ってふたりの怒りを買いたくない。

どちらも気が短いから、こういう場合は早々に引きあげる方がいいとこれまでの経験で分かっている。

ぺこりと頭を下げてから、書斎を出ようとくるりと踵を返す。

ちょうど同じタイミングで、ノックの音が部屋に響いた。

「旦那様、本家から史輝様がお見えです」

扉を開けて報告したのは、伯父の秘書だった。

「なに！　史輝くんが？」

伯父がガタンと椅子を鳴らして立ち上がる。

「旦那様と美紅さんをお呼びです。客間でお待ちいただいておりますが、かなりお急ぎのご様子で……」

「すぐに行く！　美紅も来なさい！」

「は、はい」

伯父は慌てて執務椅子から立ち上がりこちらにやって来たが、美紅に目を留めた瞬間、嫌そうに顔をしかめた。

「なんだ、その恰好は！」

「あ……すみません、さっきまで倉庫の片付けをしていたので」

今の美紅は紺の長袖Tシャツとベージュの作業用パンツに、使い古したエプロン姿。そのエプロンはよく見ると、墨を零したようにところどころ黒く汚れている。

伯父に突然呼び出されたため、着替えをする時間がなく、倉庫から直接やって来たからだが、こんな姿で史輝の前に出たくない。

いつもは美紅の服装など気にも留めない伯父も、さすがにまずいと感じたのか、焦った様子だ。

「あの、着替えて来てもいいでしょうか?」

お洒落な服など持っていないが、少しでもましな恰好をしたい。そんな願いは令華の冷たい言葉で撥ね付けられる。

「史輝は急ぎだと言っているのだから、着替える時間なんてないわ。そのまま行きなさい」

「だがさすがに……」

「この子は着飾っても無駄だし、ありのままを見せた方が史輝のためにもなるわ。今ならまだ結婚相手を変更することもできるでしょうから」

伯父が異議を唱えたが、令華が聞き入れる様子はない。

「分かった。では行くぞ。美紅ついてきなさい」

「……はい」

美紅はエプロンをぎゅっと握り締めた。

どんなに嫌でも、美紅の意見なんて聞き入れてもらえる訳がないから、従うしかなかった。

笛吹家は歴史ある日本家屋の御屋敷だ。敷地も建物も広く、伯父の書斎から客間まではかなりの距離がある。

　裏庭に面した廊下を、伯父と令華が足早に進んでいく。

　その後ろに続く美紅の様子が、硝子窓に映り込んだ。

　いかにも上流階級といった装いの夫婦。それに比べて、みすぼらしい自分に胸が痛くなる。

　美紅は身長が百五十五センチと平均よりも低いうえに、かなり痩せている。

　肩の下で真っ直ぐ切った髪をひとつにまとめているだけで、化粧気はなし。貧相という言葉が脳裏に浮かんだ。

　倉庫の掃除をしているときは気にならなかった自分の姿が、今は直視したくない。

（伯父さまが言う通り、こんな私が史輝さんの結婚相手に選ばれたなんて信じられない）

　いくら笛吹家の血縁とはいえ、美紅には花嫁に相応しくない点が多すぎる。

（もしかしたら何かの手違いで連絡が来たんじゃないかな）

　史輝自らやって来たのは、その旨を伝えに来たのではないだろうか。

　令華に対しては、次期総帥だとしても適当な代理人を送るような、礼を欠く態度をとるわけにはいかないだろうから。

（きっと、そうだよね。私は花嫁候補に入っていなかったのに、突然選ばれるなんておかしいもの）

客間の前に着く頃には、要件は丁寧なお断りだろうと思うようになっていた。

それでも扉を開けて中に入る瞬間、苦しいほどの緊張を覚えた。

初恋の人と、十年以上経ってからの再会なのだ。

ドクンドクンと心臓が脈打っている。

客間の中央には大きな紫壇の長机。その先の窓辺に、若く美しい男性が佇んでいた。

（史輝さん？）

子供の頃の面影は見つけられない。それほど長い年月が流れたということだ。

とはいえ、彼が京極史輝だということは、疑いようがなかった。

すらりとした長身を上質なスーツに包み、どこか憂いを感じるその姿は、溜息が出るほど美しい。まるで現実から切り取られた絵のようだ。

特に印象的なのは、少し目じりが上がった涼し気な目だ。目が合った瞬間、何もかもを見透かされているような気持ちになった。

声をかけることに躊躇いを感じる厳かな雰囲気。そこにいるだけで存在感を放っている。

この家で、使用人として働くことしかできない自分とは別世界の人。

やはりどう考えても美紅が隣に並べるような相手ではない。

彼だってひと目でそうと分かっただろう。涼しげな目に一瞬失望が浮かんだことに気付いてしまった。

きっとすぐに断られる。

それでも美紅は、悲しさや情けなさに沈む一方で、喜びも感じていた。

（元気そうでよかった……）

今では口を利くことすら憚られるほどに立場の違いがある史輝と美紅だが、彼を大切に想う気持ちは変わっていない。

幼かった美紅を、妹のように可愛がってくれたことを感謝している。

彼と過ごした楽しく幸せだった日々の思い出は美紅にとって宝物で、決して忘れることはない。

辛いときの支えだった。

彼と最後に言葉を交わしたのは、美紅が中学生になったばかりの頃だ。

京極一族が通う幼稚舎から大学までの名門私立校の裏庭で、偶然すれ違ったのだ。

その頃にはすっかり疎遠になっていたから、思いがけない遭遇だったが、留学が決まっていた彼に幼い頃からの感謝の気持ちと、海外生活への応援の言葉を送ることができた。

見送りの言葉を伝える機会はないと思っていたから、嬉しかった。

史輝に笑顔はなかったから、彼にとっては面倒な時間だったのかもしれないけれど。

それからすぐに彼は留学し、数年後に帰国してからも一切関わらずに今日まできた。

「史輝くん、忙しい中、よく来てくれたね」

伯父が史輝の機嫌を窺うように、声をかける。次期総帥である史輝にかなり気を遣っている様子が見て取れた。

「史輝、久しぶりですね」

対照的に令華は史輝に対しても尊大な態度だった。

美紅は伯父に合わせて深く頭を下げる。

「突然の訪問、申し訳ありません」

記憶よりも低い声が耳に届いた。

「いやいや親族なのだから遠慮は不要。それに用件も察している。縁談の件だろう？先ほど連絡を貰って我々も驚いていたところなんだ」

伯父の言葉に、史輝が頷いた。

それから美紅に視線を向ける。

真っ直ぐ見つめられて美紅の心臓が大きく跳ねた。

緊張で体が震えそうになる。彼はそんな美紅を見ても一切表情を変えず伯父に視線を戻した。

「急ですが、美紅には明日中に本家に入ってもらいたい」

予想外の言葉に、美紅は思わず目を見開いた。

(えっ……結婚の件は間違いだったって、断りに来たんじゃなかったの?)

伯父も美紅と同様に酷く驚いたようで、慌てて口を開く。

「ち、ちょっと待ってくれ。いくら何でも急すぎるし、我々はこの縁談についてもう一度検討し直すべきかと思ってるんだよ」

「なぜ? 縁談について再考する必要はないと思いますが」

伯父の反応が不快だったのか、史輝は僅かに眉を顰めた。

「いや、しかし……」

伯父はしどろもどろになってしまう。彼らのやり取りを見ていた令華が、はあと溜息を吐いた。

「史輝、美紅はあなたの花嫁になるには力不足です。釣り合いが取れない夫婦では幸せになれませんよ。今からでも考え直すべきです」

さすがに令華は堂々としたものだった。史輝も彼女に対しては強く出ることができないのか、表情を変えずに頷いた。

「ご忠告は有難くいただきますが、決定を変える気はありません。これは父も認めている縁談です。明日彼女を送り出してください」

「……それなら仕方がないけど、兄はなぜ認めたのかしら？　まあ、この話は兄とすることにしましょう」

現在の本家当主の名前が出て来てしまうと、令華でも引き下がるしかないのだろう。不承不承といった様子で、捨て台詞を吐いたあと口を閉ざす。

「彼女とふたりきりで話をしたいのですが」

「……分かったわ」

史輝のひとことで、伯父と令華が客間を出て行った。

突然ふたりきりになったことに動揺して、美紅は俯く。

緊張と気まずさで、まともに史輝の顔が見られない。

何か言った方がいいと分かっているが言葉が出てこない。史輝も無言なため、部屋は静寂に満たされる。

いつの間にか降り出した雨が窓を叩く音が、やけに大きく響いている。

気まずさに耐えきれなくなったとき、史輝がようやく口を開いた。

「久しぶりだな」

顔を上げると、史輝が美紅を見つめていた。

「は、はい……お久しぶりです」

それだけ言うのに、喉がカラカラになるほど緊張する。

「……急なことで戸惑っていると思うが、あまり時間がない。すぐに本家に移る準備をはじめてくれ」

淡々と語る声に、未来の妻に対するような労わりや優しさは感じられなくて、美紅はずきんと胸が痛むのを感じた。

(史輝さんは、この結婚が嫌なのかもしれない)

いや、かもしれないではなく、普通に考えたら不満に決まっている。

十ある分家には、美紅以外にも史輝とつり合いが取れる年齢の女性が何人かいて、彼女たちは皆美紅よりもずっと優れているのだから。

教養、容姿、特技や趣味。何を取っても一流で、大切に育てられたお嬢様たちだ。

そんな中、ずっと使用人のように扱われていた美紅が選ばれたのは、令華が言うには、笛吹家と縁を結びたいからだそうだ。

もしかしたら他に理由があるのかもしれないが、きっと史輝の意思ではない。彼の父である現京極家当主が決めた可能性だってある。

（どうしよう……）

彼の気持ちを思うと、この結婚は断るべきだ。

けれど史輝ですら抗えないような状況で、美紅の言葉が聞き入れてもらえるわけがない。

逆らっても無駄で、本人たちの意思は関係なくこのまま結婚するしかないのだ。

（私は彼の愛されない妻になるの？）

それは今よりも更に孤独で辛いことではないだろうか。

「美紅、聞こえているか？」

なかなか返事をしない美紅に焦れたのか、史輝が少し強い口調になった。

美紅はびくりと肩を震わせ、口を開く。

「は、はい……明日本家に参ります。よろしくお願いします」

心の中は不安でいっぱいだけれど、そう答えるしかなかった。

「ああ」

史輝は頷くと用は終わったとばかりに客間を出て行こうとする。

「あ、お見送りを……」

美紅が慌てて後を追うと、廊下にはいつの間にか見知らぬ若い男性がいた。

史輝の知り合いのようで、目が合うと軽く会釈されたが、史輝から紹介はされなかった。

廊下に立ち尽くす美紅を置いて、ふたりは足早に去って行く。

突き当たりの角を曲がりふたりの姿が見えなくなると、美紅は緊張から解放されて、ふらふらと柱に背中を預けた。

まるで現実の出来事とは思えなかった。

史輝との結婚が決まったことも、明日、長く暮らしたこの家を出て、本家に行くことも。ぼんやりと立ち尽くしていると、バタバタと忙しない足音が聞こえてきた。

「美紅！」

怒鳴るように名前を呼ばれて、美紅は反射的に柱から体を起こす。

近付いて来たのは、百合華だった。

彼女は美紅の目の前に立ち、怒りに染まった目で見下ろしてくる。

「あんたが史輝さんの結婚相手に選ばれたって聞いたんだけど、本当なの？」

「は、はい……」

百合華は美紅よりも十センチ以上身長が高く、きつい顔立ちの美人だ。詰め寄られると恐怖を感じる。

「史輝さんが来てたというのは？」

「本当です。たった今帰られました」

「ええっ？」

百合華は驚きの声をあげてから、史輝が去って行った廊下の先を睨む。

タイミングの悪さに苛立っているのだろうか。

追うのを諦めたのか、百合華は美紅に視線を戻す。

「美紅が本家に入るなんて信じられない。だいたい総帥夫人なんて務まるはずがないじゃない」

百合華が憎々し気に吐き捨てる。

「これからは使用人の真似事しかできない美紅に、私が頭を下げなくちゃならないの？　あり得ないわ」

「いえ、頭を下げるなんてことは……」

ありませんと言おうとしたのだが、ぎろりと睨まれてしまい美紅は口を噤んだ。

「そうやっていつも言葉尻を濁すけど不快だわ。やたらと口籠るし、話しかけても黙ったままだったりで、あんたは会話すらまともにできないの？」

あまりの剣幕に、美紅は何も言い返せずに俯いた。

（百合華さんの言うことも分かるけど……）

彼女が言う通り、美紅はすぐに言葉に詰まるし、言いたいことの半分も相手に伝えられずに終わる方が多い。

伯父の家に引き取られてからは、何を言っても否定されて、頭ごなしに怒られてばかりだった。繰り返している内に、自分の気持ちを表現するのが怖くなってしまったのだ。

黙って逆らわずにいた方が、平穏でいられる。

そうやって義家族からの罵倒に無言で耐えているうちに、本当に上手く言葉が出なくなっていた。

母と暮らしていたときは、もっと明るい性格で人見知りをしない、むしろおしゃべりな方だったが、今は他者とのコミュニケーションが困難だと感じる。

それでもあまり困るようなことはなかった。

使用人として笛吹家内の仕事はしているものの、外出をする機会は滅多になく、美紅の世界はとても狭いから。

(こんな私が本家の人間になるなんて……百合華さんが怒るのは当然だよね)

「ああ、もうまただんまり！　なにか言うことはないわけ？」

百合華はとうとう、我慢がならないというように叫んだ。

「ご、ごめんなさい」

自分はつくづく人を不快にしてしまうのだと感じ、自己嫌悪がこみ上げる。

「私の方が史輝さんに相応しいのに！」

「それは……」

美紅はまた何も言い返せずに黙り込んでしまった。だって百合華の言い分は間違っていないのだ。

本家の総帥夫人の責任は重い。

時代が変わっても京極家が力を失わないように、一族が団結するように分家の夫人たちを纏め、仕切らなくてはならないからだ。

昔からの京極家特有のしきたりを守る一方で、現代的な感覚を持ち外部との社交もこなす必要がある。

他にも美紅が知らない仕事だって沢山あるのだろう。

だから分家に生まれた女性は、いつ選ばれてもいいように教養を身に着け、自分を徹底的に磨いていく。

美紅以外の女性は、どこに出しても恥ずかしくない完璧な令嬢で百合華はその筆頭だ。

改めて考えても自分では無理だと思う。

「ねえ、史輝さんの相手に選ばれたからって調子に乗るんじゃないわよ」

百合華が一歩前に踏み出し、すごんでくる。

「……調子になんて乗りません」

自分が劣っていると自覚しているのだから。

「それなら、こんな所でぼんやりしてないで、自分の仕事をしなさいよ」

「仕事って……」

「倉庫で捜し物をしていたんでしょ？　本家に行くのは明日なんだから今日はまだうちの使用人よ。早く行きなさい！」

「は、はい！」

美紅は百合華に追い立てられるように、その場から立ち去った。

母屋から出て庭の外れにある倉庫に向かう。

傘は邪魔になるので、雨に降られながら足早に進む。

髪や肩についた水滴を手で掃いながら入った倉庫には、誰もいなかった。

伯父に呼びだされる前は、もうひとり同じ作業をする使用人がいたが、どこかに行ってしまったようだ。

おそらくサボっているのだろう。多分、戻って来ない。

まだ雑然としている倉庫を見回してから、作業をはじめる。

雨が降ったせいか急に気温が下がり肌寒さを感じるが、忙しく動いていればすぐに体も温まるだろう。

雑然と積み重なった木箱や、古いおもちゃを一つひとつ確認していく。

この倉庫には貴重なものは入れていない。用を終えたけれど捨てづらいものが適当に放り込まれているが、とにかく数が多い。

令華が突然昔使っていた絵画セットを見たいと言い出したため片付けながら捜しているのだが、かなりの重労働だ。

この調子ではいつ見つかるかも分からない。明日の引越し準備をしなくてはならないというのに。

（日付が変わらないうちに部屋に戻れるかな）

焦りを覚えながらキョロキョロと見回していると、百合華が幼い頃に使っていたと思われるスキー道具などが纏まっている一画を見つけた。

その中に懐かしいものを発見して、美紅は目を瞠る。

「これはあのときの……」

美紅は埃《ほこり》を被った、ピンク色のテニスラケットを手に取った。

これは元々美紅が、十一才の誕生日に史輝から貰った誕生日プレゼント。

手入れもせずに倉庫に入れたきりだったため、すっかり古ぼけてしまっているけれど、美紅にとってはとても大切な宝物だったものだ。

幸せだった頃の記憶が蘇る――。


三月七日。その日は美紅の十一回目の誕生日だった。

『ハッピーバースデー、美紅』

放課後の学園の裏庭で、史輝が赤いリボンが付いたラケットを美紅に差し出した。

『うわあ、すごく可愛い！　……史輝くん、これどうしたの？』

美紅がワクワクした気持ちで両手を伸ばしてそれを受け取ると、史輝が優しく微笑んだ。

『軟式テニスクラブに入るって言ってただろ？　自分用のラケットがあった方が上達すると思うから。美紅の好きなピンクのラケットにしてみたんだ。気に入った？』

『うん……史輝くん、ありがとう』

美紅は思わず涙を零しそうになった。それくらい嬉しい出来事だった。

一年前に美紅の母が亡くなり、伯父に引き取られてから、美紅の生活はガラリと変化した。

優しい母親はいなくなり、代わりにいるのは美紅を怒ってばかりの怖い人たちばかり。

通っていた地元の小学校から、史輝と百合華たち京極グループの子息令嬢が通う私立校に転校させられたが、クラスメイトになぜか初めから避けられてしまい友達がひとりもできないでいた。

母を失った悲しさだけでなく、頼れる相手も心が許せる者もいない心細さに、当時は泣いてばかりだった。

そんな美紅を支えてくれたのが、史輝と彼の母親だった。

けれど半年もたたない内に史輝の母の持病が悪化して早世したことで、表立った交流は終わってしまった。

庇ってくれる大人がいなくなったことで、美紅の立場は悪化し、行動を制限されるようになった。史輝の家に遊びに行くことも令華に禁止されてしまった。

史輝の父は日頃から忙しく、子供の交友関係になど関心を持っていないのか、口出ししてくることはなかった。

それでも史輝は美紅を気にかけ、令華たちの目が届かない学園内では声をかけ寄り添ってくれていた。

美紅の誕生日を祝ってくれるのは、史輝だけだった。伯父家族もクラスメイトも、美紅の誕生日なんて覚えてすらいないから。

『ほんとうに嬉しいよ……』

美紅の目からぽろぽろ涙が零れて止まらなくなってしまう。

史輝は綺麗なハンカチで優しく美紅の涙を拭ってくれた。

『美紅、今は悲しいことや苦しいことばかりだけど、必ず幸せになれるから大丈夫だよ』

美紅は伯父の家での仕打ちや、友達ができないことを史輝に話していなかった。

皆に嫌われている事実を、彼に知られたくなかったのだ。

けれど史輝は、美紅の環境を知っていたのかもしれない。

ときどき何もかも分かっているような、慰めの言葉をくれた。

クラブ活動をするように勧めてくれたのも彼で、美紅は軟式テニスクラブに入会した。

史輝がプレゼントしてくれた可愛いラケットで練習をするのは楽しく、クラブ内では新しい友人ができた。

家では依然として辛い日々を送っていたけれど、学園に来れば史輝とクラブの仲間がいるから耐えられた。

けれど、ある日突然百合華がテニスクラブに入会をしたため、美紅の幸せな時間は終わってしまった。

百合華がクラブの友人たちに美紅の悪口を言って回り、美紅が孤立するように仕向けたのだ。

しかも史輝に貰った宝物のラケットまで奪おうとした。

『このラケットは美紅なんかより、私の方が似合いそう』

『百合華ちゃん、返して！　それは史輝くんから貰ったものだから、あげられないの！』

必死に取り返そうとしたけれど、同じ年齢の子の中でも小柄な美紅が、一学年上の百合華に敵う訳がなく、奪われてしまった。

いくら頼んでも返してもらえず、逆にしつこいと伯父母から叱られた。

その後美紅は、百合華と喧嘩をした罰でテニスクラブを辞めさせられて、授業が終わると真っ直ぐ家に帰る生活を強いられたのだった——。


「ぼろぼろだわ。こんなところに置き去りにされてたなんて……」

（せめて大事にしてくれたらよかったのに）

美紅はテニスラケットをそっと、手に取り抱きしめた。

結局百合華は、このラケットが欲しかった訳じゃなかったのだ。

美紅に相応しくないから取り上げただけ。史輝からのプレゼントというのも気に入らなかったのかもしれない。

振り返ると学園生活は百合華のおかげで、酷いものだった。

京極グループ内の有力家の娘として、当時から一目置かれていた百合華。そんな彼女が嫌う美紅。美紅に友達ができなかったのは、皆が百合華に忖度したからだと、今ならわかる。

唯一の拠り所だった史輝とも、ラケット事件の後、だんだん距離を置かれるようになってしまった。

なぜ彼に避けられるのか分からなかった。理由を聞いても教えてもらえなかったから。

悲しくて寂しくて、夜になると布団の中で声を殺して泣いていた。

それでも、いつかまた史輝と仲良くできる日がくると、彼が海外に留学して顔を見ることすらできなくなってからも、心の奥の僅かな期待を捨てきれずにいた。

けれど京極グループの後継者としての教育を終えて帰国した彼は、以前よりも更に近寄りがたい存在になっていた。

当然、彼は帰国してからも美紅に連絡はしてこなかった。

二十歳になり、笛吹家の使用人として働くようになっていた美紅は、現実を理解して期待は捨てた。

昔とは何もかもが違うのだ。史輝が美紅を気にかけることはもう二度とない。

子供の頃の思い出を宝物のように大切にして縋っているのは美紅だけで、史輝にとっては、とっくに振り返ることがなくなった過去なのだ。

それでも史輝への感謝と好意がなくなることはなく、顔を見ることができなくても、心の中でずっと大切に思っていた。

美紅にとって史輝は、愛しくて懐かしくて切なくて、そして手が届かない人。

「それなのに、私が花嫁になるなんて……」

美紅は肩を落として呟いた。

（でも……あの史輝さんでも断ることができない縁談なんだよね）

ならば、どんなに不安でも受け入れるしかない。

美紅は腕に抱いた思い出のラケットをじっと見つめる。

するとあの頃の、史輝への温かな好意と感謝の気持ちが蘇るようだった。

（私は役立たずかもしれないけど、彼に迷惑だけはかけたくない。私のせいで恥ずかしい思いをさせたくない）

どうしても避けて通れないのなら、少しでも史輝の妻に相応しくなるように努力しなくては。

自信は全くないけれど、せめて少しでもましになるように必死に頑張ろう。

史輝に愛されていないのは分かっている。

それでも美紅が史輝を大切に想う気持ちは変わらないから、報われなくても彼に尽くしたい。

無気力だった心に、力がこみ上げてくるような気がした。

翌朝。美紅は本家からの迎えの車に乗り込んだ。見送る者は誰もいない寂しい旅立ちだ。

予想していたので落ち込んではいない。むしろ笛吹家から出られてほっとしている。

幼い頃から十年以上暮らした家だけれど、美紅にとって安らげる場所ではなかった。

私物なんてほとんど持っていないし、未練もない。

初めて乗る車の方が安心できるくらいだなんて。つい苦笑いが零れてしまう。

十五分ほど走ると、車が趣がある門を通った。

敷地内はまるで林のように、背の高い樹木が並び立っている。

しかし門から繋がる道は綺麗に整備されており、車は揺れずにスムーズに走っていく。

子供の頃に何度も訪れた屋敷だけれど、十年以上前のことなので記憶が断片的だ。

鮮明に覚えているのは、史輝が見せてくれた青い鳥。

(あの巣はどの辺りにあったのかな)

記憶を探りながら窓の向こうを眺めていると、青みがかった灰色の屋根が見えてきた。

　しばらくすると林が途切れて現れたのは、まるで貴族が暮らすような大きな洋館だった。

　昔から代々本家の当主一家が暮らしてきた、歴史ある建物だそうだ。

「笛吹様、お待ちしておりました」

　洋館前の広場に車が止まり美紅が降りると、本家の使用人と思われる初老の男女が近付いてきた。

「笛吹美紅です。出迎えありがとうございます」

　おそらく美紅は彼らに歓迎されていないだろうから、挨拶ひとつにも緊張する。

「お待ちしておりました。旦那様と史輝様は仕事で不在にしておりますので、我々がご案内させていただきます」

「はい、よろしくお願いいたします」

　美紅を出迎えてくれた男性は史輝の父の秘書で、女性は使用人の管理責任者で美紅と関わる機会が多くなるそうだ。名前は川田《かわだ》と言うらしい。

　ふたりとも美紅に対する態度は丁寧で、穏やかな笑みを浮かべていたが、歓迎されているのか、そうではないのかは判断がつかなかった。

他にも数人使用人が出迎えの場にいたが、川田の指示なのか、話しかけてくる様子はない。

まずは美紅の私室となる部屋に案内してもらった。

欧州の貴族の館のような歴史を感じる玄関ホールには東西に向かって階段がある。東側の階段を二階に上り、一番奥が美紅の私室になる部屋だった。

ふた部屋続きで、それぞれ十畳以上あるだろうか。

出入口がある部屋は、居間としての用途のようだ。中央にソファセットと、ローテーブルが置かれ、壁には大きなテレビ。明るく開放的な印象だ。

奥の部屋にはひとりで眠るには大きすぎるベッドが置かれていた。他にはドレッサーと箪笥《たんす》などオーク素材のアンティークな家具が揃えられていて、落ち着く雰囲気に整えられていた。

どちらも素晴らしいが、美紅は特に寝室が好みだと感じた。

(素敵な部屋……)

笛吹家での美紅の私室だった部屋とは大違いだ。

北側で日当たりが悪い小さな部屋は、風通しが悪いせいでじめじめしていて、夏はカビに悩まされていたというのに。

「取り急ぎ必要と思われるものを揃えました。しかしあまり時間がありませんでしたので、十分とは言えないかもしれません」

申し訳なさそうな顔をしている川田が、美紅の笛吹家での暮らしぶりを知ったら、驚くだろう。

「足りないものがあるようでしたら、なんなりとお申しつけください」

「ありがとうございます」

きっと不足などないだろうと思いながら、礼をする。

「荷ほどきを手伝いますが、美紅様のお荷物はこちらでよろしいでしょうか」

川田の足元には、美紅が笛吹家から持ってきた、大きな旅行鞄とエコバッグふたつが置いてある。

「はい。でも荷ほどきは自分でできます。あの、気を遣っていただいてありがとうございます」

「……かしこまりました」

川田は少しの沈黙のあとに、頷いた。

荷物の少なさに驚いているのか、それとも手伝いを拒否したことを不快に思っているのか。

川田はあまり表情が変わらないので、考えが読み取れない。

「では、一時間ほどしましたらお迎えに上がります。その際に屋敷内をご案内させていただきます」

「分かりました。ありがとうございます」

深く頭を下げると、川田は少しだけ目を細めてから、部屋を出て行った。

広い部屋にひとりきりになった美紅は所在なさを感じたが、気を取り直して荷物の整理に取り掛かる。

旅行バッグに入っているのは、着替えが三セットと、下着。古すぎると感じた衣料は処分してきた。それからいつも使っている基礎化粧品。他は大切にしている写真集や小説が数冊と、裁縫セット。それから昨日、倉庫の中で見つけたテニスラケット。貴重品は通帳が一冊と、身分証に昔の写真だけ。

それが美紅が持っている全財産だった。

ドレッサーに化粧品を並べ、箪笥に下着と服を仕舞う。棚に本を並べる。どこも空きスペースの方が多く、見た目があまりよくないけれど、仕方がない。

テニスラケットは悩んで、箪笥の引き出しの一番下に仕舞った。

一段落すると美紅はベッドに腰を下ろした。少し座っただけなのに、スプリングのよさを感じる。相当品質がよいものなのだろう。

広すぎる部屋に、上質な家具。史輝の妻ならば当然の待遇なのかもしれないけれど、美紅には戸惑いの方が大きくて落ち着かない。

小さく溜息を吐いたとき、床に置いたままにしていた旅行鞄が目についた。

昨日、荷造りをしているときに、伯父に押し付けられたものだ。

紙袋に服を詰め込んでいる美紅を見て、あまりにみすぼらしすぎると思ったのかもしれない。

落ち着いたら、送り返さなくては。

正直言うと、よい思い出が一切ない義家族とは、距離を置きたい。

でも笛吹家を出たとはいえ、伯父たちとの関係はなくならない。史輝の足を引っ張らないように、良好な関係を保つ必要がある。

しばらくすると川田が迎えに来て、屋敷内を案内してもらった。

中央棟一階には、広い厨房と、多目的ホール、客室など。

主に来客に備えた設備が集まっている。

東棟は史輝と美紅が暮らすプライベートエリア。

二階に各私室があり、一階が家族用のダイニングルーム、書斎などがある。

西棟は義父が暮らすエリアのため、案内には含まれなかった。

それでも館内は思っていたよりも広く複雑な造りで、覚えるのが大変だったが、必死に川田の説明を記憶に焼き付ける。

広い庭には車庫と温室、使用人の休憩室があるそうだが、それは後日見せてもらうことになった。

想像していた以上に時間の経過が早く、気付けば日が暮れていた。

その日の夜は家族用のダイニングルームで、専属シェフが作る料理をひとりで食べた。

シェフが腕によりをかけてくれたようで、美紅が食べたことがないようなご馳走が並んでいた。とても美味しくて、普段は小食の美紅だが残さずに食べて一日を終えたのだった。

翌日。長年の習慣で六時前に目覚めた美紅は、部屋に備え付けられたシャワールームで顔を洗い簡単に化粧をして髪を整えた。

持ってきていた服の中で一番新しいシャツとスカートに着替えをすると、たちまち手持ち無沙汰になってしまった。

（どうしようかな……）

ここでの自分がすべきことが、まだよく分からない。

昨日見ることができなかった温室に行ってみたいが、勝手に動くのはよくないだろう。

とはいえ誰かにお伺いを立てるにも、この時間では美紅以外はまだ眠っているかもしれない。

（他の人が動き出すまでは、ここでじっとしているしかないかな）

窓辺に立つと広い庭の様子が眺められた。昨日から降り続いていた雨は上がり、今日は天気に恵まれそうだ。

瑞々しさを感じる樹の枝で、小さな鳥がひと休みしている。とても平和な光景だ。

（可愛い……あれは何て鳥だったかな）

あとで調べてみよう。

しばらくのんびり眺めを楽しんでから、寝室を出て居間に移動し、ソファに浅く腰掛けた。

八時過ぎにコンコンとノックの音が耳に届いた。

「はい」

美紅は扉に目を向け立ち上がる。

カチャリと扉が開き、部屋に入ってきたのは川田だった。

「おはようございます。もうお目覚めだったのですね」

彼女は支度を終えている美紅を見て、少し驚いたようだった。

「はい。習慣で目が覚めてしまって」

「そうなんですね。お待たせしてしまったようで申し訳ありません」

「いいえ、私が勝手に早起きしていただけです。どうしていいか分からなくて、ぼんやりしてしまっていてこちらこそすみません」

頭を下げる川田に、美紅は慌てて否定する。

「美紅様が謝る必要は一切ありません。史輝様も慣れるまではゆっくり過ごすようにと仰っています」

「そうなんですね」

「はい。それからご用の際は、こちらの電話からお呼び出しください」

川田がサイドテーブル上の電話機を示しながら言う。館内の内線電話だったようだ。

「はい、分かりました」

「後ほど史輝様から今後についてのお話があるとのことです。それまでに美紅様の衣装などを手配する必要があります。ゆとりを持ったスケジュールですが、早く起床されたとのことですので、すぐにお食事にいたしますか？」

「は、はい」

心臓がドクンと跳ねる。

史輝と顔を合わすのだと思うと、にわかに緊張がこみ上げてきた。

「では、一階のダイニングルームまでお願いいたします」

てきぱきとした川田に促されて部屋を出る。昨夜夕食を取ったダイニングルームの大きなテーブルに着くと、すぐに朝食が運ばれてきた。

朝食は一般的な洋食で、オムレツと焼き立てのパンが絶品だった。

食事を済ませて私室に戻ると、大量の服が運び込まれていた。

そう言えば服を用意すると言っていた。

（こんなにすぐに用意できるんだ……）

驚いていると川田が説明をはじめる。

「好みが分かりませんので、様々なデザインの衣装をご用意しました」

好きなものを選ぶように言われて、とりあえず必要と思われる服を考える。

（外出用のスーツとかワンピースがあればいいのかな）

本家の妻に相応しい質がよいものをと思ったが、見た感じどれもよい品で違いはデザインくらい。

その中から選ぶのはファッションに詳しくない美紅にはなかなか難しい。

更に装飾品もオーダーするように言われて、更に難易度が上がってしまった。

「すみません、選ぶのを手伝ってもらってもいいですか？」

悩んだ末川田に任せると、彼女は迷いもせずに次々と選び、短い時間でいくら使ったのか分からないほどの大量の買い物をすることになった。

お直しが不要なものは、手際よくクローゼットに収納されていく。

「あの、少し多すぎませんか？」

ワンピースだけで十着は選んでいる。

史輝の結婚相手として過ごしているのだから、みすぼらしい格好をしてはいけないのは分かっているけれど、いつ着るのだろうと疑問に感じるくらい次々注文されると、心配になる。

「史輝様の指示ですので、心配はいりませんよ」

「でも、私の買い物で散財しすぎでは……」

贅沢で図々しいと思われないか心配だ。

しかし川田はやんわりと美紅を窘めた。

「この程度は史輝様にとってはなんの負担にもなりません。過度の遠慮の方が失礼になりますよ」

「あ……そうですね。すみません」

川田が言う通りなのかもしれない。

美紅以外の分家の令嬢ならば、この程度の贅沢なんて慣れていて、史輝からのプレゼントをスマートに受け取るのだろう。

どこまでも庶民な自分は、やはり史輝と住む世界が違っていて感覚が噛み合わないと痛感した。

「では早速着替えましょう。お話は史輝様の部屋でとのことですので、室内着でよいかと思います。こちらの紺のワンピースか、ベージュのセットアップあたりがよろしいかと思いますが、いかがなさいますか?」

川田が対象的な色合いの二着を、美紅に示す。

「で、では、ベージュの方にします」

二着ともとても高級な衣装でデザインも洗練されているものだ。

美紅には選ぶのが難しかったが、昔、史輝に淡い色が似合うと言われたのを思い出してベージュにした。

寝室で着替えを済ませて居間に戻ると、川田の他に、美紅と同年代と思われる女性がいた。

「こちらは住み込みの使用人の結城紗希子《ゆうきさきこ》です。美紅様のお支度を手伝わせていただきます」

川田の紹介に合わせて、女性が笑みを浮かべて口をひらく。

「どうぞよろしくお願いいたします」

溌剌とした印象の女性で、話し方もはきはきしている。

「こ、こちらこそよろしくお願いいたします」

「では早速、髪のお手入れをしましょうね」

「はい。結城さんありがとうございます」

美紅の言葉に、彼女が微妙な表情を浮かべた。

「あの、もしよかったら紗希子と名前で呼んでいただけないでしょうか」

「え？　……あ、はい分かりました。では紗希子さんと呼ばせていただきます」

戸惑いを覚えながらも、断る理由はないので頷く。

「ありがとうございます。実は分家のお嬢様に〝有紀《ゆうき》〟さまと言う方がいらっしゃって、以前誤解を招いたことがあるため、苗字は使わないようにしているんです」

「そうなんですね」

自分の名前を名乗るのに気を遣わなくてはならないなんて、本家の使用人は大変だ。

紗希子は寝室のドレッサーに美紅を座らせると、着替えたばかりのセットアップが汚れないように、ふわりとケープをかけてくれた。

それから台の上に、ヘアスプレーやメイク道具一式が入ったボックスを置く。

美紅がまともなメイク道具を持っていないと分かっていたのか、全て用意して来てくれたようだ。

「まずはお化粧からですね。肌を整えるところからにしましょうか」

化粧水がしっかり染み込んだコットンで優しく頬を撫でられる。

いつも自分で手入れしているよりも、ゆっくり丁寧な手の動きだった。

整えた肌にメイクをしていく。

「美紅様は肌がとても綺麗なので、ファンデーションはうす付きがいいですね。自然な感じの仕上がりにしますね」

「は、はい」

化粧の実力なんて全くない美紅は、紗希子に全てを任せて大人しくしていた。

鏡に映る自分の姿が変化していく。

素朴な印象だった顔が、明るく華やかに。

自然な仕上がりにすると言った通りに、派手な感じはしないものの、確実にいつもの自分と違っている。

「次はヘアスタイルですね。ファッションに合わせた柔らかな雰囲気にしましょう」

紗希子は美紅の髪をヘアアイロンで器用に巻いてからハーフアップにした。

いつも自分で結ぶときのようなひっつめ髪ではなくて、百合華のように手が込んだ印象のスタイルだ。

マットなゴールドの小ぶりなヘアアクセサリーで飾りつけをしてもらい、全てが完了した。

時間にしたら二十分程度だが、鏡に移る姿は自分とは思えない。まるでどこかのお嬢様のようにすら見えた。

「いかがですか？」

紗希子が自信に溢れた表情で聞いてくる。きっと美紅の様子から答えが分かっているのだろう。

「すごく変わったから驚きました。本当に私じゃないみたい……紗希子さん綺麗にしてくれてありがとうございます」

「綺麗になったのは美紅様の素材がよいからですよ。さあ、行きましょう。きっと史輝さんも驚くと思いますよ」

「あ、そうだといいんですが」

彼が美紅の外見の変化に、何らかの感想を持つだろうか。

親しくしていた頃だったら「可愛くなったね」と褒めてくれただろうが、今は分からない。

反応が想像できないほど、現在の史輝について美紅は何も知らないのだ。

川田の案内で史輝との話し合いに向かう。

彼の部屋は美紅の部屋の真向かいだ。

ほんの数秒で到着してしまい、心を落ち着かせる暇もない。

「史輝様、美紅様をお連れしました」

「入れ」

低くよく通る声が返ってくる。

「失礼いたします」

川田が扉を開いた。ここから先は美紅ひとりで行かなくてはならないようで、入室するように促される。

美紅は緊張しながら、足を進めた。

彼の部屋は美紅の部屋と似たような作りだったが、家具やファブリックは更に落ち着いてシンプルなものが使用されており明度も低い。

史輝は黒い革張りのソファにゆったりと座っていた。

先日会ったときは、隙がないスーツ姿だったが、部屋で寛ぐ今は、ゆったりしたシャツを着崩し、髪も洗いざらしといった様子で大分雰囲気が違って見える。

彼は美紅に目を遣ると、ほんの少しだけ表情を変えた。

「あの、昨日は挨拶できずに申し訳ありませんでした」

「俺が不在にしていたのだから、君のせいではないだろ？　そこに座ってくれ」

史輝に正面の椅子を勧められ、美紅は言われた通りに腰を下ろした。

「昨日は急な仕事で泊まりになった。一時間ほど前に帰宅したところだ」

「そうなんですね。あの、それでしたら疲れているでしょうし、打ち合わせはまたあとにした方がいいでしょうか？」

「打ち合わせ？」

史輝が怪訝な顔をした。

「はい。あの川田さんからそう聞きました……史輝さんが私に話すことがあると……だから今後についての打ち合わせかと思いました」

もしかしたら美紅の思い違いなのだろうか。

なんとなくだが、史輝が不満に思っているような気がする。

「……君が昨日本家に入ったから、挨拶をしようと思っただけだが」

「あ、そうなんですね……すみません勘違いをしてしまいました」

早速失敗してしまったと、身を縮める美紅に、史輝が溜息を吐く。

「ずいぶん他人行儀だな。これから夫婦になるっていうのに」

「すみません！　あの、まだ実感が湧かなくて」

「まあ、そうだろうな」

史輝が納得したように相槌を打つ。

「自分が選ばれるとは思わなかったのか？」

「はい、もちろんです」

史輝の問いに、美紅は迷わず答えた。

「なぜ？」

「それは……私は花嫁候補ではありませんでしたし、他に優秀な花嫁候補が何人もいましたから」

「だったら自分が選ばれた理由は分かっていないんだな？」

彼が何を考えているのかは読み取れないが、声音は予想していたよりも穏やかだと感じる。

「令華伯母様は史輝さんが笛吹家から妻を迎えたいからではないかと言っていました。でも百合華さんとは従兄妹関係だから、血が繋がっていない私にしたのだと……」

「違う」

史輝が、美紅の言葉を遮った。

「え？」

「君を選んだのは、母の遺言だ。君の母親と俺の母は親友だったのは覚えているか？」

「はい。あの、何度かお会いした記憶があります」

それで史輝と親しくなったのだから。美紅にとっては大切な思い出だ。

「母は君たち親子をいつも心配していたんだ。幸せになって欲しいと願っていた。それなのに君は笛吹家で酷使されて、到底幸せとは言えない状況にあった。だから俺は君を妻に選んだんだ。結婚すればあの家を出られるだろ？」

思いがけない内容に美紅は戸惑い、瞬きをした。

「あの……史輝さんは特に笛吹家との縁談は必要としていないけれど、お母様の願いを叶えるために私を選んでくれたということですか？　でもそれだと史輝さんの負担が大きすぎます」

笛吹家との関係のためという名分すらないのなら、美紅は史輝にとってただのお荷物だ。

「それに史輝さんに大切な人ができたときに、私の存在が重荷になってしまいますよね」

いや、先の話ではない。今でも十分足かせになっている。

京極一族の中で、美紅が花嫁になることを望む人なんてひとりもいない。それどころか、心の中では批判しているはずだから。

義理だけで、愛も利益もない相手のために苦労するなんて。

罪悪感がこみ上げて、ぎゅっと目を瞑った。すると史輝が疲れたような溜息を吐いたのが分かり、美紅は体を強張らせた。

（ああ……きっと面倒だと思われたんだ）

そう分かっていても上手く取り繕えない。自分という存在が彼に迷惑をかけていると思うと、ますます心が沈んでしまうのだ。

しばらくすると、史輝が口を開いた。

「俺の心情を君が慮る必要はない。君はただ俺の妻として相応しい振舞いをするように努力してくれ。それとも俺との結婚は気が進まないのか？」

「えっ？　いえ、そんな……」

（そんなことがあるわけない）

過去に大好きで唯一の存在だった人。疎遠になり、立場の違いを理解してからも、密かに想い続けていた。

ただ彼を大切に想うからこそ、不幸になってほしくないのだ。

「本心を言っていい。どんな答えでも悪くはしないと約束する」

史輝が真剣な眼差しを美紅に向ける。

彼は本気で美紅の意思を聞いてくれているのだと分かった。

京極家の中で誰よりも高い地位にある彼が、実の伯父にすら無視されていた美紅にも真摯に向き合ってくれている。

それなら美紅も誠実に答えなければ。

「史輝さんの花嫁に選ばれたのは今でも信じられない思いです。でも選んでもらえて嬉しいと思っています。ご迷惑でなければ、妻として努力したいと思ってます」

すっかり自分の気持ちを表現することが苦手になっていた美紅にとって、ここまではっきりした意思表示は、かなり勇気がいることだった。

それでも言い終えたときに、史輝が微笑んだような気がして、不安が和らいだ。少なくとも怒らせるような発言ではなかったのだ。

「君の気持ちを受け止めた。これで迷いなく進められる」

彼の声には先ほどよりも、力がこもっているような気がした。

「は、はい」

「数日以内に婚姻届を提出し、まずは一族のみの披露を行う。外部の人間を招いての披露宴は、スケジュールの関係もあり大分先になるだろう」

一気に具体的な内容になった。美紅は一言一句聞き漏らすことがないように集中して彼の話に耳を傾ける。

「当分は披露に向けての準備と、多少の教育を受けてもらいたい。大変だと感じるかもしれないが」

「はい、精一杯頑張ります」

教育を受けさせてもらえるのはありがたいことだ。

美紅は分家の令嬢が受けるマナー教育などを受けていない。学校の授業の一環で基本講習を受けたものの、卒業してからもう五年経つうえに実践したことがないため、全く自信がないのだから。

史輝に恥をかかせないためにも、しっかり学ばなければ。

「ああ、頼んだ。それから……」

史輝がやや不機嫌そうに眉根を寄せたため、美紅は背筋がひやりとするのを感じた。

（なにか失敗しちゃったのかな？）

気付かないうちに失礼なことをしていたのかもしれない。

「さっきから俺を史輝さんと呼んでいるが、どうしてだ？」

「えっ？　……あの、それは皆さんがそう呼んでいますから」

予想とはまるで違う問いかけだった。美紅は面食らいながらもなんとか返事をしたが、史輝は納得できないというように眉を顰めた。

「昔はそんなふうに呼んでなかっただろう？」

「それは、あの、子供でしたから……今は自分の立場がどんなものなのか分かっています」

「……そうか」

史輝が浮かない表情で頷いた。

（今の返事がだめだった？　失望させてしまったのかな）

彼が望む返事ができない自分が情けなくて、ずきりと胸が痛む。

せっかく彼の態度が少しだけだけど、軟化したように感じていたのに。

「これからは、以前のように呼んでくれ」

「……え？」

美紅は思わず目を見開いた。

先ほどから予想外のことばかり言われて、なかなか平静に戻れない。

「そ、そんなことは無理です……失礼になりますし」

京極一族の人間は皆彼に対して尊敬の念を込めて〝史輝さん〟と呼んでいる。例外は令華と伯父だけで、百合華すら彼に気を遣っている。

（私が史輝くんなんて呼んだら、絶対に激怒する）

特に百合華は、子供の頃から美紅が史輝と親しくするのを嫌っていた。史輝に近付くなと直接言われたことが何度もある。テニスラケットを取り上げられたのだって、史輝からプレゼントされたのが許せなかったからだろう。

しかし史輝は、そんなことは気にも留めていないようだ。

「君は俺の妻になるのに失礼な訳がないだろう？」

「でも……」

周りは決して認めていない。

「さっき自分の立場を理解していると言っていたな。ならばこれからは俺の妻として自分を変えていけ。誰かに見下されたり、理不尽なことを言われたら、我慢するな。もう無理に気持ちを抑えなくていい」

「……自分を変える？」

「そうだ。俺は妻に自分自身を卑下するような人間であって欲しくない」

彼の言葉が胸に突き刺さる。その通りだと思ったからだ。

これまでの美紅は、笛吹家の人たちからどんなに屈辱的な扱いをされても、何も言い返さず卑屈に愛想笑いを浮かべることすらあった。

もちろんはじめはそんな理不尽な状況は納得できず、反抗していた。けれどいつの間にか反抗するのをやめた。

言うことを聞いていれば罰は受けないし、傷つかなくて済む。何を言われても気にせず、深く考えない方が楽だった。

平穏に暮らすために、気付かないうちに自尊心を捨てていたのだ。

自分を持っていない臆病者。それが美紅だ。

でも史輝はそんな妻では嫌だという。

（やっぱり私では彼に相応しくなかった……でも今からでも変わらなくちゃ）

他の誰でもなく彼がそう願っているのだから。

きっかけはなんであれ、史輝は美紅を妻にすると決めたと言っている。それなら彼から突き放されるまでは、妻として努力しよう。

美紅は決心して史輝を見つめた。

「分かりました。努力します」

決意が彼にも伝わったのだろうか。僅かに目を見開く。

「これからよろしくお願いします……史輝……くん」

とくんと鼓動が跳ねた。脳裏に懐かしい思い出が過ったのだ。

「ああ、こちらこそよろしく」

史輝が今何を思っているのかは分からない。

けれど優しい笑顔を見せてくれたから、美紅は幸せな気持ちを感じていた。

二章　初夜

七月七日。しとしとと降る雨の日に、史輝と美紅の結婚披露が行われた。

笛吹家を出てから、たった一週間後のことだった。

一族への披露のため、本家の多目的ホールを会場とした。上座に史輝の父である現京極グループ総帥が着き、その隣に史輝と美紅が並んで座る。招待客たちは一族内の序列に従い、地位が高い者ほど上座に着いた。

美紅が京極一族の集まりに出るのは初めてのことだ。

まるで中世貴族の晩餐会のようだと、その光景に圧倒された。

「皆も既に聞き及んでいると思うが、史輝と笛吹家の美紅さんが夫婦になった。このふたりが次代の京極グループを率いていくことになる。皆さんにも助力願いたい。一族が結束してますますの発展を遂げることをここに願おう」

史輝の父、美紅にとっての義父が高らかに宣言すると、談笑の時間になった。

祝いの席の食事は、フレンチのコース料理で、出来立ての料理が順にそれぞれのテーブルに配膳される。

皆とても慣れた洗練された所作でナイフとフォークを扱っているが、美紅だけが体を固くしていた。

史輝があてがってくれた教師の下でマナーを学んだものの、注目された中では練習した通りとはいかない。

プレッシャーの中、美しく飾りつけられた前菜にそっとナイフを入れたつもりが、かしゃんと音を立ててしまった。

その瞬間、令華と百合華の鋭い視線を向けられた。

「大丈夫か？」

いきなり失敗してしまい青ざめる美紅に、史輝がそっと声をかけてきた。

「はい。ごめんなさい、手が震えてしまって」

「こういう席は初めてなんだから緊張するのは当然だ。練習では上手くできていたんだから、落ち着けば大丈夫」

史輝の声は優しかった。

（励ましてくれてるのかな）

これからは自分を変えていけと言っていた彼の言葉を思い出した。

（そうだよ。失敗で落ち込むより頑張ろう。臆病な自分を変えるって決心したんだか

ら)

「ありがとうございます。もう大丈夫です」

美紅は史輝に感謝の気持ちを伝えて微笑んだ。彼は僅かにほっとした表情を浮かべる。

その後は大きな問題なく食事をすることができた。

食後は、場所を移し男女分れての談笑の時間になった。

これは長く続く京極家の習慣で、交流を持つことで一族の結束を高める目的があるそうだ。

本来は本家の女主人が中心となって、和やかに会話をするのだろうが、美紅にはまだそんな求心力はなく、代わりに令華と百合華が中心となって話題に花を咲かせている。

美紅は戸惑いながら、その様子を眺めていた。

(皆さんにお披露目に来てくださったお礼を言いたいけど、強引に割り込むのは失礼になるし……)

誰ひとりとして美紅に視線を向けることがないから、きっかけを掴むのが難しい。

しばらくすると会話が途絶えたため、そっと近付き声をかける。

「あの……」

するとじろりと値踏みするような視線が集まった。

美紅は緊張で鼓動が早くなるのを感じながらも、笑顔をつくり口を開いた。

「本日は悪天候にも拘わらず、私たちの結婚披露にご足労くださり、ありがとうございました。心から感謝しております。これからも……」

「私たちの？」

美紅の言葉を、令華の険のある声が遮った。

「は、はい。あの……なにか問題が？」

令華が気分を害しているのは伝わってくる。もしかしたら、食事の席でのミスについて、不満を感じているのだろうか。

「はあ……勘違いしているみたいだけど、私は〝あなたたち〟を祝福している訳じゃないの。兄と甥の顔を立てるために来てあげたのよ。はっきり言っておくけど、ここにあなたを本家の妻と認めている者なんていないわ」

ドクンと心臓が跳ねた。

（こんな……みんなが見ている前なのに、はっきり否定するなんて）

自分が認められていないことくらい分かっている。

それでも史輝の妻になることは決定事項で覆らないのだから、美紅を嫌っている笛吹家の人々だって表向きは普通に接してくれると思っていたのだ。

少なくとも攻撃をしてくるのなら、人目がないところだろうと。

(考えが甘すぎたのかな……)

胸が痛くて俯くと、更に厳しい声が降りてくる。

「そうやってすぐに被害者ぶる態度はとても不快だわ」

「そんなつもりでは……」

「ではどういうつもりなの？　はっきり言いなさい」

誤解を解こうとしても、先に言葉が被せられてしまい。美紅の気持ちを伝えることができない。

「これで総帥夫人になるだなんて、不安になるわね」

美紅を責めるのは令華だけではなかった。今日初めて顔を合わせた人までもが、次々に心無い言葉を投げつけてくる。

心細さのあまり、無意識にワンピースのスカートをぎゅっと握りしめてしまった。

美しい布にシワが寄る様を見ると、ますます落ち込む。

（今日のために史輝くんが用意してくれた服が……）

彼に相応しくあるために努力しようと決心したばかりなのに、実際は責められて何も言えず、交流の輪から外されて、みじめに隅にいるしかないなんて。

シワが寄ったスカートのようにみっともない自分。

その後、勇気を振り絞って何度か声をかけたけれど、誰も答えてはくれなかった。

皆、その場に美紅が存在しないかのように無視をする。

きっと示し合わせた行動なのだろう。

そのような態度をする理由は、先ほど令華が宣言した通り、美紅を本家の花嫁と認めないという意思表示だ。

史輝の母が亡くなっている今、一族の女性で一番権力があるのは本家の令嬢だった令華だから、彼女の顔色を窺っているところもあるのだろう。

しばらくしてから史輝が迎えに来たことで女性だけの交流会は終わったが、美紅はすっかり自信を失ってしまっていた。

（やっぱり私なんかが史輝くんと結婚するのはよくないんじゃ……）

「美紅」

頭の中が悲観的な考えに占められたそのとき、令華たちと言葉を交わしていた史輝が、会話に参加できないまま立ち尽くしていた美紅の腰を抱き寄せた。

「史輝くん?」

今までにない距離の近さに驚き咄嗟に離れようとしたが、彼の腕の力が強く身動きが取れない。そんな美紅にちらりと目をやってから、史輝は令華たちに向かって口を開く。

「私たちはこれで失礼します」

「あら、まだいいじゃない。皆、史輝さんのお祝いに駆けつけているのよ?」

百合華が駆け寄って来て、史輝の手を取ろうとしたが、彼はそれをやんわりと防ぐ。

無礼な態度だが、令華の娘である彼女を窘める者はいない。

「俺たちの結婚を祝ってくれてありがとう。百合華はゆっくり楽しんでいってくれ」

史輝が〝俺たち〟と強調したような気がした。それは百合華も感じたのか、彼女の顔が口惜しそうに歪む。同時に美紅をぎろりと敵を見るような目で睨んできた。

他の人たちの視線も冷たいものだ。

覚悟していたこととはいえ、誰も認めてくれない状況は辛かった。

「行こう」

史輝に促されて、談話室を出る。

これから私室に戻ったら入浴と体の手入れを済ませて史輝が訪れるのを待つ予定になっている。

「ではあとで」

「……はい」

私室には川田が待機していて、美紅を出迎えてくれた。

「美紅様、お疲れとは思いますが、すぐに用意いたしましょう。まずは入浴を」

「……私が先にお風呂を使っていいんですか？」

「はい。史輝様は部屋のシャワーをお使いになるので、大丈夫ですよ。さ、用意ができていますので参りましょう」

史輝と美紅の部屋がある東館のバスルームは、美しく高級感溢れる天然大理石で造られている。とても広くておそらく十畳以上ありそうだ。初めて案内されたとき、まるで高級ホテルのようだと驚いた。

「お疲れでしょう。ゆっくり浸かって、体を温めてくださいね」

「ありがとうございます」

体を洗ってから湯船に浸かる。温かくてとても気持ちがいい。それなのに心は晴れない。

どうしても令華と百合華たちからぶつけられた言葉が頭から消えず、これから初夜を迎えるというのに、史輝の妻になる喜びよりも、不安が大きくて……。

（いけないいけない、もっと前向きにならなくちゃ）

またうじうじ考えこみそうになり、慌てて気持ちを切り替える。

入浴を終えてから、新しい下着を身に着けガウンを羽織る。肌と髪の手入れを済ませて、部屋に戻ると、ひと息つく間もなく史輝がやって来た。

美紅とお揃いのガウン姿を見て、一気に緊張が高まった。

これから彼と肌を重ねるのだ。

ドクンドクンと心臓が脈打ち、頭がクラクラする。

史輝に促されて、並んでソファに腰を下ろした。

「緊張しているな」

体を固くする美紅を、史輝が心配そうに見つめる。

「は、はい……少しだけ」

本当は少しどころか、死ぬほど緊張している。史輝は美紅の気持ちを見抜いたのか、やや困ったように眉を下げる。

「……何か飲もうか」

史輝が部屋に用意されていたワインをグラスに注ぎ、美紅に手渡した。

「ありがとうございます」

彼は緊張している美紅をリラックスさせようと気遣ってくれているのかもしれない。

透明のグラスにややゴールドを帯びた白い液体がゆらゆら揺れている。

ひと口呑むと、喉を濃度の高いアルコールが通っていくのを感じた。

そう言えば、祝宴の後何も飲んでいなかった。思っていたよりも体が渇いていたようだ。

「今日は頑張ったな」

「え？」

声に反応して隣に顔を向けると、史輝が優しい目で美紅を見つめていた。

（もしかして、褒めてくれたのかな？）

「あの、でも頑張ったと言えるのか……上手く振舞えなくて、皆さんに受け入れてもらえませんでしたし……」

「焦らなくていい。美紅は十分役目を果たしていた」

「……史輝くんにそう言ってもらえて嬉しいです」

史輝に認めてもらうと、傷ついていた心が癒えていくようだ。

それから少し会話をする間に、ワインを飲み終えた。

史輝がふたり分のグラスを、テーブルに置く。

それが会話の終了の合図のようで、緊張が蘇った。

「美紅……」

史輝に促されて、ベッドに向かう。

その間も、心臓が再び落ち着きなく脈打っていた。

「大丈夫か?」

史輝が気遣うように声をかけてくれているが、緊張のあまり「はい」と答えるのが精一杯だ。

ベッドで彼の大きな体に覆いかぶさられ、唇を塞がれる。

これまで恋人がいたことがない美紅は、当然キスの経験もない。

どうかしてしまいそうなほど心臓が大きな音を立て、触れられるとびくりと体が震えてしまう。

するするとガウンが肩から降りて、美紅の素肌が露わになる。

恥ずかしくてぎゅっと目を閉じた。

緊張と不安で体が強張り、震えてしまう。

史輝が困らないように、身を任せなくてはいけないのに。

「うっ……」

熱い唇が肌を這った。

ビクッと勝手に体が反応する。美紅に触れる史輝の手に強引さはなく、気を遣ってくれているのが分かる。

それなのに、不安と恐れが全身を巡っていく。

子供の頃からずっと史輝が好きなはずなのに、なぜこんなに不安なのか自分でもわからない。

着ているものを全て取り払われると、剥き出しの足を史輝の手が滑り、足の先から太ももを辿っていく。

（どうしよう……）

「美紅、力を抜くんだ」

ガチガチに強張った美紅の様子を見かねたのか、史輝が困ったような声を出した。

「は、はい、ごめんなさい」

すぐに謝ったものの、どうすればいいのか分からない。

史輝は美紅を宥めるように、優しく髪を梳き撫でてくれているというのに。

どれくらいの時間が経ったのだろうか。

不意に史輝が体を起こした。

「今日は止めよう」

「……え？　どうして……」

「体調が悪そうだ、顔色もよくない」

史輝は完全に美紅から離れて、ベッドから下りてしまった。

あんなに不安だったのに、こうして離れられてしまうと焦燥感がこみ上げて、行かないで欲しいと思う。

「史輝くん、私なら大丈夫……」

「いや、無理をしない方がいい。今日はゆっくり休め」

そう言う声は優しいものの、彼の視線は既に美紅から離れていた。

「……史輝くんはどうするのですか？」

「自分の部屋で休むよ。明日の朝に来るから」

「あ……」

追いすがるように手を伸ばしたが、背中を向けた史輝が気付くことはなく部屋を出て行ってしまった。

「あの、昨夜はすみませんでした」

翌朝。やって来た史輝に、美紅は泣きたい思いで頭を下げた。

(まさか初夜で失敗しちゃうなんて……)

昨夜は、あれから悩んでしまってほとんど眠れなかった。

史輝は初めは美紅を抱こうとしていた。それなのに途中で止めてしまったのは美紅が原因だ。

体を固くしてガタガタ震えて、そんなつもりはなかったけれど、拒絶しているように見えたのかもしれない。

彼は表向きは美紅の体調を気遣ってくれていたけれど、実際は気分が削がれてしまったのだと思う。

「美紅が謝る必要はない。急に決まった結婚だから気持ちがついていかないのは当然だと思ってる。俺がもっと気遣うべきだった」

打ちひしがれる美紅に史輝は優しい。

(私、史輝くんに迷惑かけてばかりだよね)

かなり気遣ってくれているのが伝わってくるだけに、美紅の罪悪感が増していく。

「あんな態度をとるつもりはなかったんです。でも緊張してしまって、それで上手くできなくて」

「分かってる。怒ってないし、しばらく何もしないから安心しろ」

言葉の通り、史輝が気を悪くしているようには見えなかった。

(史輝くんにとっては、大した問題じゃないのかな)

でも美紅は、当分引き摺ってしまいそうな失敗だと感じている。

(こんなはずじゃなかったのに……)

今頃彼の本当の妻になって、朝を迎えているつもりでいたのだ。

「俺はこの後すぐに仕事に出るが、美紅はゆっくりしているといい」

優しい声だった。けれど美紅の胸中は、穏やかではない。

今すぐ失敗を取り戻したくて仕方ない。

「史輝くん、今日は何時に戻りますか？」

「はっきりしないが、かなり遅くなる。俺のことは待ってなくていいから、先に休んでいてくれ」

「そ、それなら明日は？」

史輝が困ったような顔をする。

「しばらく仕事が忙しいんだ。今週は寝に帰るだけになる」

「……そうなんですか」

今週はまだ始まったばかりだ。つまり当分彼とゆっくり過ごす時間はないということ。

「籍を入れたばかりで不在にしてごめんな。来週には落ち着くから」

「……はい」

この状況で数日距離が空くのは辛い。でもその不安を彼に伝えるのは憚られる。

昨夜、拒否するような態度を取ったのは美紅の方。それなのに今更側にいて欲しいと言い出すのは身勝手だ。

「いってらっしゃいませ」

史輝が出て行くのを大人しく見送るしかなかった。

いつまでも落ち込んではいる訳にはいかないので、身支度をしてダイニングルームに向かった。

史輝は朝食を取らずに出社したため不在だったが、その代わりに令華と百合華のふたりが席についていた。

昨夜は帰宅せずに客室に泊まっていったのだろうが、ふたりがいることは聞いていなかったため、動揺してしまう。

「お、おはようございます」

「結婚初日から寝坊だなんて、だらしないわね」

「申し訳ありません」

令華の嫌味に息苦しくなるのを感じながら、席に着いた。

気まずい空気が漂う中、食事をはじめる。

会話がないため、カトラリーが立てる音が気になってしまう。

ただ令華と百合華はふたりで楽しそうに会話をしていて、美紅に話を振る気はなさそうなのが、幸いだった。

ところが、食事を終えた直後に、百合華が含み笑いの表情で声をかけてきた。

「美紅、私面白いこと聞いちゃったんだけど」

「面白い？」

一体何の話だろうか。予想がつかないが、百合華がこんな顔をするときは、決まって嫌なことを言われるときだ。

警戒していると、百合華が我慢できないというように声を立てて笑い出した。

「早速、史輝さんに嫌われたんだってね。まさか昨日の今日で愛想をつかされるとは思わなかったから驚いたわ」

百合華が上機嫌に言い終えると、令華もつられて笑い出す。

「あ、あの……」

何がそんなにおかしいのか分からず戸惑う美紅に、百合華が笑いを止め、憐れむように目を細めた。

「初夜が上手くいかなかったんでしょ？　残念だったわね」

「えっ……どうして」

なぜ百合華が夫婦のデリケートな話を知っているのだろう。

（まさか彼が言ったの？　いえそんなはずは……）

「どうしてかは関係ないでしょう？　その様子だと事実みたいだし」

百合華が責め立ててくるので、考える暇がないが、とにかく冷静にならなくては。

彼女がかまをかけてきている可能性だってあるのだから。

「やっぱり史輝はあなたでは満足できないんでしょうね」

令華までが百合華に賛同して美紅を責めはじめた。

「せっかく結婚したのに愛されていないなんて可哀想。史輝さんに捨てられるのも時間の問題かもね」

令華と百合華は言いたいことを言って満足したのか、美紅に蔑みの視線を送りダイニングルームを出て行った。

嵐のようだった時間が終わり静かになると、美紅は深い溜息を吐いた。

(気にしないようにしなくちゃ……ふたりに嫌味を言われるのなんて、いつものことだもの)

けれど、胸を刺す痛みを感じないようにするのは難しい。

頭で分かっていても、心がついていかない。

初夜なのに史輝が美紅を抱かなかったのは真実なのだから。それにしても。

(百合華さんはどうやって知ったのかな?)

事実を知っているのは、美紅以外には史輝だけ。でも彼が夫婦関係について無神経にペラペラ話す人だとは思えない。

ならば、深夜勤務中だった使用人の誰かだろうか。

もしかしたら、史輝が美紅の部屋を出たところを目撃したのかもしれない。

そうだとしたら、その使用人は令華たちに近い立場で、美紅にとって厄介な相手ということだ。

美紅は憂鬱な気持ちで席を立った。

ダイニングルームから私室に戻る途中、紗希子とすれ違った。

彼女は美紅の顔を見ると、さっと顔色を変えて近付いてきた。

「美紅様、どうしたんですか？」

「……ええと、なにが？」

紗希子の剣幕に美紅は戸惑ってしまう。

「顔色が、ものすごく優れません！　もしかしてどこかが痛みますか？」

「い、いいえ、そうじゃないんだけど……とりあえず部屋に」

ここでは誰に聞かれるか分からない。令華たちの情報源が誰か分からないので、警戒してしまう。

紗希子を連れて私室に入りドアを閉めてようやく安心できた。

「座ってください。貧血かもしれないので、倒れたら大変です」

「病気じゃないから大丈夫。あの、紗希子さんも座ってください」

「はい」

紗希子は躊躇わず美紅の隣に腰かけた。

使用人としてはよくない態度かもしれないが、美紅のことを心配して親身になってくれているのが伝わってくる。

直感だが、紗希子は信用できると思った。

「……実は朝食の席で、令華伯母様たちから責められてしまったんです」

「笛吹様たちですね。どのようなことを言われたんですか?」

「私と史輝くんが不仲だって」

「不仲? どうしてそんなことを言うんですかね?」

紗希子が不思議そうな顔をして首を傾げる。その様子から、令華たちと繋がっているのは彼女ではないと確信した。

「昨夜の私たちの行動を不仲だと言いました。令華伯母様たちはお披露目が終わって部屋に戻った後の様子を知っているようだったんです。多分誰かから聞いているんじゃないかと思って……」

紗希子が目を見開いた。

「それが本当なら、使用人の誰かが笛吹様たちに情報を流しているということですよね? 京極家に雇用主のプライベートを軽々しく言いふらす使用人がいるなんて信じられません」

「でも令華伯母様はこの家の令嬢だったから、仲がいい使用人がいるかもしれない」

「可能性はありますね」

紗希子が納得したように相槌を打つ。

「そんなことがあって少し怖くなってしまったんです。監視されているみたいで」

「怖くて当然ですよ。見張られているなんて気持ち悪いし」

「うん……でも、紗希子さんに話したら気が楽になりました」

それはお世辞ではなく本心だった。

話を聞いてもらえる人がいるというのは、心強い。

「少しでもお役に立てたのならよかったです。それから笛吹家の人たちに情報を流している使用人が誰か探ってみようと思います」

紗希子が少し声を潜めて言うので、美紅は驚いた。そこまで力になろうとしてくれるだなんて思わなかったのだ。

「気持ちは嬉しいけど無理はしないでくださいね。紗希子さんと他の使用人の仲が気まずくなったら申し訳ないので」

「大丈夫です。これでも結構要領がいい方なので、ぼろは出しません」

「たしかに要領はよさそうだけど……」

初対面のときから、てきぱき動く優秀そうな人だと感じていた。

「安心してください。それから私に敬語は不要ですよ。美紅様は雇用主なんですから」

「……分かった。でも紗希子さんにも私を美紅様と呼ぶのは止めて欲しいです」

「うーん……それはちょっとまずくないですか？」

紗希子は美紅の言葉に驚きの表情になったあと、腕を組んで悩みはじめた。

「様付けで呼ばれるのは慣れてないし、緊張しちゃうの。協力してくれるなら話す機会が増えていくだろうから」

「そういうことなら分かりました。上司が側にいるときは無理ですから臨機応変に対応します」

「ありがとう」

彼女が柔軟な考えでよかったと思う。それにとても頼もしい。

味方ができたようで、ようやく少し安心できた。

三章　妻の境遇

京極銀行本店の役員室にノックの音が響いた。

ちょうどスーツの上着を脱いでいた史輝は、視線をゆっくりドアに向ける。

「あ、着替え中だったか？」

ドアを開けて入って来たのは、史輝の秘書を務める前田宗吾《まえだそうご》だった。

彼は京極一族の分家のひとつである前田家の次男だ。史輝とは同じ年のため、幼い頃から交流がありプライベートでは親友と言っていい存在だからお互い遠慮がない。

「いや。どうしたんだ？」

「午後の会議の議題が増えたから打ち合わせをしておきたいんだ。時間がないからランチミーティングにしようと思って」

宗吾の手には手提げ袋があった。都内のいたるところで見かける、コーヒーショップのロゴが入っている。彼が適当に買いに行ったのだろう。

「追加された議題は？」

史輝は応接セットのソファに座ると、宗吾から手渡された手提げ袋から、サンドイッチとホットコーヒーを取り出した。

「つい先ほど京極建設から融資の増額依頼があったんだ。その承認について」

宗吾も史輝の前に座り、ガサゴソと袋を開ける。

「建設は経営不振が続いているが、大した条件を付けずに承認が降りるだろうな」

「間違いなく。役員連中は忖度が過ぎる」

宗吾がうんざりしたように肩をすくめた。

京極建設は、美紅の伯父が代表取締役を務める会社だ。

元々グループ内での序列が高く、強い発言権を持っている家だったが、本家令嬢の令華が嫁ぎ当主夫人になってからというもの、ますます力が大きくなり現在では一番強い影響力を持っている。

ただ美紅の伯父に仕事の才覚は乏しく、実力以上の権力を手に入れてしまった状況だ。

非常に厄介な存在だと言えるが、一番問題なのは嫁いでから何十年が経った今も、令華には本家に口出しできるほど強い権力があることだ。

史輝の父であるグループ総帥が、令華の行動に口出しをしないから、令華に忖度する者も多く、彼女がますます付けあがる原因になっている。

「このままじゃ、建設も終わりかもね」

宗吾がさらりと縁起でもないことを言う。

「だからなんとかするために動いている」

史輝は京極建設の社長を挿げ替えようと考えている。今の社長には企業運営の能力がないのだから、当然のことだ。

問題は、令華の味方をするだろう父と役員たちをどう説得するかだ。

会社の件だけでなく、個人的にも史輝は令華に対して、強い怒りを抱いている。

彼女は史輝の母が亡くなると、当時十六歳だった史輝の進路に過剰に干渉するようになった。父を言葉巧みに操り、思い通りにした。

史輝の感情など一切考慮せず、ただ自分の都合がよいように全てを決めようとする傲慢さは許しがたかったが、当時、まだ令華に反抗するだけの力を持っていなかった史輝は、不服でも従うしかなく強い反感を抱いていた。

決して表には出さないけれど、心の奥の憎しみは決して消えない。

叔母ではあるが、心の中では他人以下だと思っている。

今の史輝は、令華に対抗するだけの力を手に入れつつある。

あとは、父が令華に味方をしないように、慎重に動き、これまでの横暴を突きつけ消えてもらえばいい。

「金銭面でだらしないのも問題なんだよな。本家にも個人的に借金してるって聞いたけど」

宗吾が躊躇いがちに言った。

「よく知っているな。だが借金とは言えない。父は貸したのではなく、贈与したつもりだろうから」

「総帥がついているのが大問題なんだよなあ……しかも史輝が笛吹家の美紅さんと結婚したから、ますますあの人たちの天下が続きそうだよ」

それは史輝も分かっている。今日融資を申し込んできたのは、史輝と姻戚関係になり、一層遠慮がなくなったというのもあるだろう。

「史輝は完璧な実績を築いてきたけど、結婚だけは正しくなかったよ」

「宗吾、それは……」

史輝は宗吾を睨みつけた。しかし彼は怯まない。

「口出しするなって言うんだろ？　でも黙っていられない。史輝がこれまで令華夫人の横暴に我慢して必死に努力してきたのは、京極グループを変えるためじゃないのか？」

「そうだ」

宗吾の言う通りだった。

戦後の財閥解体で一度は力を失った京極財閥は、その後長く続いた苦境を乗り越えて、再び京極グループとして日本の経済産業界で不動の地位を築いた。

他の財閥家が衰退して行く中で復活が叶ったのは、一族が団結していたからだと言われている。

だから京極家は枝分かれしていった分家との絆を大切にして、跡継ぎの妻は分家から選ぶことを慣例としてきた。

しかし史輝は、一族の人間ばかりが権力を握る今の体勢に危機感を抱いている。

もっと柔軟に、能力のある者は出自に関わらず重要なポジションを与えるべきだ。

伝統と改革は両立できるはず。

史輝と同じ考えを持つ者は他にもいて、ひとつのグループを形成している。

宗吾は生まれ育った前田家があまり序列を気にしない家風なためか、元々柔軟な考えを持っていたのもあり、史輝の考えに同調してくれた。

今ではリーダーのひとりとして日々改革を成し遂げようと励んでいる。

とは言え、一族内には令華のような出自を最重視する考えの人間の方が多く、なかなか実現するのが難しいのだけれど。

そのような状況の中での美紅との結婚は、笛吹家が更に権力を持つことになる、史輝の望む未来とは真反対の選択だった。

「母君の遺言で、美紅さんを守るために結婚したのは分かってる。彼女の酷かった境遇を調べたのは俺だから、助けの手を差し伸べることは正しいと思うよ。でも史輝が結婚する必要はなかっただろう？　なにか理由をつけてあの家から出して経済援助だけする方法だってあったはずだ」

「笛吹家は美紅を簡単に手放さない。結婚以外に方法がなかった」

笛吹家というよりも令華が美紅に執着していた。

笛吹家に引き取ったあと、京極グループの子女が通う私立校に通わせてはいたが、大学進学は許さず使用人として働かせていたように、蔑ろにして虐げながらも自由を制限し家から出そうとはしなかった。

美紅は笛吹家を出て独り立ちすることを望んでいたようだが、学費の一括返却を求められたため、返し終わるまでは笛吹家で働くことを受け入れたという。

私立校の学費はかなり高額だ。返済するまで何年もかかる。

姪に対しての仕打ちとは到底思えないが、周りに令華に意見する者はいないから、美紅はほぼ無給で酷使され、相談できる相手もいなかった。

「史輝が相手である必要はなかっただろ？　誰か信頼できる男と見合いでもさせたらよかったんだ。本家が仲人役を引き受けたら、令華夫人だって表立って反対はできなかったはずだ」

「……そうだな」

宗吾の言うことは間違っていない。きっと彼の案が正しかったのだろう。

「そうだなって……何考えてるんだよ」

「他の男に任せたくなかった」

「は？　……おい、それって……」

史輝の言葉に、宗吾が驚愕の表情を浮かべる。

「まさかお前、美紅さんが好きだったのか？」

信じられないといった問いかけに、史輝は眉を顰めた。

「嘘だろ？　女嫌いの史輝が？　お前が近付いてきた女を残酷に振っている姿を、俺は何度も見たっていうのに……」

「残酷に振った覚えはないし、女が嫌いと言ったこともない」

立場上、史輝との付き合いを望む女性は多かったから、期待させないようにはっきり断っただけで酷い言葉は発していない。

女嫌いについては、それこそ周りが勝手に誤解していただけだ。

「でも突然荒みはじめてからは、女には関心がなさそうにしていたじゃないか。分家の令嬢と顔を合わせても素っ気ない態度だったし……」

宗吾はそこまで言うと、何かに気付いたようなはっとした表情になった。

「まさかその頃から美紅さんに目を付けてたとか？」

恐る恐るといった様子で、問いかけられる。

史輝は思わず溜息を零した。

「目を付けてたって言い方は止めてくれ」

「否定しない！　ってことはやっぱり好きだったんじゃないか！　彼女をずっと想いながら準備を進めて、手に入れたってことか？」

「それは……」

史輝は言いかけた口を閉ざした。そうだとも違うとも言えるからだ。

美紅に対する想いは、簡単に言い表せるようなものではない。

初めて出会ったのはお互い子供の頃だったが、美紅は体が小さかったこともあり五才という年齢差以上に幼く感じた。

明るく素直な可愛い女の子。兄弟がいない史輝は、妹がいたらこんな感じなのだろうかと考えた。

母の友人の娘だった美紅とはそれから何度も会い、本当の兄妹のように仲良くなった。

しかし史輝の母が亡くなってからは、なかなか会えなくなってしまった。

令華が美紅と史輝の交流を嫌がり、美紅が本家に行くのを許さなかったからだ。

美紅はもちろん、まだ学生だった史輝にも、令華の決定に逆らう手段がなかった。

史輝から美紅に会いに行くことは可能だったが、令華は史輝が美紅に近付くと不機嫌になり、その怒りを美紅に向ける。その怒り方はとても小さな子供に向けるものとは思えないほど激しかった。

史輝が知らないうちに美紅が何をされるか分からないため恐怖が大きく、美紅に被害が及ばないように、段々と距離を置くようになった。

その内史輝は父の命令で海外に留学することになった。おそらくこれも美紅を孤立させようとする令華の差し金だ。

美紅とはすっかり距離ができてしまったが、留学する前にどうしても直接話したくて、学園内で彼女がひとりになる機会を窺っていた。

彼女が心配だったから、励ましたかった。力を付けて帰国して美紅を守ると約束しようと思っていた。

けれど久しぶりに間近で美紅を見たとき、言葉が出てこなかった。

明るく元気だった美紅が、今にも消えてしまいそうな儚い笑みを浮かべていたから。

元気で朗らかな妹のようだった女の子はもういない。変わってしまった。

心臓がドクドクと嫌な音を立てた。

笛吹家で冷遇されていることに気付いていたけれど、本当の意味で分かっていなかったのだと、このとき痛感したのだ。

明るさや未来への希望、きっと美紅はそういったものを失ってしまっていたのだろう。

何もかも諦めてしまったような脆さがそこにはあった。

ここまで放っておいたことを激しく後悔した。

それなのに美紅は史輝に対する感謝の気持ちを口にして、留学を激励してくれた。

辛い中にあっても、史輝を想ってくれていたのだ。

そのとき史輝の中で、美紅への想いが変化した。

彼女を守りたいと思う。でもそれは妹としてではなくひとりの女性として。

その場で気持ちを伝えることはできなかったけれど、決意した。

留学中も決意は変わらず帰国して京極銀行で働きながら、美紅を笛吹家から連れ出す方法を模索した。

その中で、令華が美紅を虐げていた理由を知ることになった。

令華は、美紅の母と史輝の母を恨み酷く憎んでいた。だから憎い相手の娘である美紅に辛く当たっていたのだ。

令華がそのような感情を持つようになったのは、生まれ育った環境が原因だ。

史輝は知らされていなかったが、京極本家の当主である史輝の父、隆志《たかし》は養子だった。

前当主が子供を望めない体だったため、一番近い親族の子供ということで物心がつく前に迎えられたそうだ。

ところがその数年後に、奇跡的に令華が誕生した。

前当主は歓喜した。それでも跡継ぎは養子に迎えた隆志にすると決めていたので相続争いは起きないはずだった。

義理の兄妹仲も良好で、心配することはなにもない。

しかし予想外の問題が起きた。

あるとき血が繋がった兄妹ではない事実を知った令華が、隆志の妻になりたいと強く望んだのだ。

奇跡的に生まれた子として、どんな我儘も許されて来た令華だったが、義理とはいえ兄との結婚だけは許されなかった。

隆志は分家の女性を見初めて妻に迎えた。すぐに史輝が生まれて仲がよい夫婦として幸せに暮らしていた。

そんな中、令華だけが不満を燻らせ続けていた。

想う相手を奪われたとでも思ったのだろうか。史輝の母に嫉妬し嫌がらせまでするようになった。

初めは穏便に済ませていた隆志だが、嫌がらせが過激になっていくと危機感を覚え、令華を有力な分家である笛吹家に半ば強引に嫁がせた。

しかし結婚後も令華は変わらなかった。

我儘放題に振舞い、他人を傷つける行動をし、次々と問題を起こした。

そんな令華に注意をしたのが、笛吹家の令嬢で、令華の義妹になった美紅の母だ。

彼女は正義感が強い性格だったようで、令華の行動が間違っていると臆さず正面から指摘し、反省を促した。

しかし令華が聞き入れるはずがなく、美紅の母との関係は日に日に険悪になっていった。笛吹家ではかなりの大事になり、緊迫した状態が続いたのだという。

その後、どういう経緯かははっきりしないが、美紅の母が笛吹家を出たことで騒動が落ち着いたが、彼女は家族と連絡を取らず行方知れずになってしまった。

数年後に生まれたばかりの美紅を抱いて戻って来たが、笛吹家の屋敷に住むことはなく、アパートで美紅とふたりで慎ましく暮らし、極力笛吹家と京極一族の関係者は関わらないようにしていたそうだ。

ただ親友だった史輝の母とだけは定期的に会っていたため、史輝は美紅と出会うことができたのだ。

令華が美紅を虐げるのは、気に入らない女性の娘だから。それだけのことだ。

下らないと思うが、令華にとってはどうしても許せない存在なのだろう。

隆志は、令華を本家から追放するように嫁がせたことに負い目を感じているようだ。養子の自分が家を継いだことも、その気持ちに拍車をかける要因だろう。

よほどのことがない限り、令華の行動に口出しをしない。

美紅が辛い思いをしているのを知ったとしても、介入しようとはしないはずだ。

逆に令華に泣きつかれたら、味方をする可能性もある。むしろ最大の障害ともいえた。

史輝は、グループ内の味方を増やしながら慎重に機会を窺い、やっと自分で花嫁を選べるだけの力を得た。

ようやく美紅を笛吹家から解放することができたのだから、余計な口出しをされたくない。しかし――。

「史輝、聞いてるのか？」

黙ったままの史輝に、宗吾がじれたように返事を急かす。

「聞いてる」

「だったら答えろ。美紅さんと結婚したのは、個人的な感情でか？」

「そうだ」

「……嘘だろ」

宗吾が項垂れ溜息を吐く。

けれどすぐに気持ちを切り替えたようだ。

「まあ……史輝が好きで結婚したなら笛吹家の関係者でも仕方ないな。むしろお前がまさかの恋愛結婚で幸せになれそうでよかったよ」

「ああ」

なんだかんだ言いながら友人としての立場で祝福してくれる宗吾に、史輝は表情を和らげた。

「新婚なら家族サービスしないとな。早く仕事を終わらせよう」

「今週を乗り切れば、時間ができるはずだ」

「そうだな。美紅さんお披露目の席ではかなり緊張していたみたいだから、楽しむどころじゃなかっただろう。ふたりきりでどこかに行ってくるといい。計画は立ててあるのか？」

「いや。美紅の希望を聞いてから決める」

「妻の意見が優先なんて、史輝のセリフとは思えないな……」

（一体俺をどんな我儘人間だと思っているんだ）

呆れながらも、京極一族でありながら、柔軟に美紅を受け入れてくれる宗吾の存在は有難い。

美紅に結婚を告げに笛吹家を訪ねたとき、彼も同行したが、汚れた作業着姿だった美紅を見て驚き同情していた。美紅個人には友好的だ。

しかし結婚披露に出席していた女性たちは、美紅によい印象を持っていないようだった。

令華の影響もあるのだろうが、元々美紅は社交をしていなかったから、警戒されているところもあるのだろう。

彼女の身近に信頼できる人間を置き、フォローを頼んでいるがそれでも離れている間に何かされないか心配だ。

それに、美紅とは十年以上離れていたから、お互いまだぎくしゃくしている。

再会したときも、本家に移ってきた挨拶のときも、彼女は史輝を警戒している様子だった。

幼馴染であったことすら忘れてしまったような態度に落胆し、史輝さんと呼ばれたときは酷くショックを受けた。しかし美紅にとっては突然結婚すると言われたのだから無理もない。

ずっと想っていたと気持ちを伝えても美紅を困らせるだけだと察し、押し付けがましくならないように接した。

その後、美紅が結婚に同意したことを確認し、結婚披露の日の夜に彼女を抱こうとした。史輝は幸せを感じていたけれど、彼女は明らかに怯えていた。

それは美紅が史輝を信用していないことの表れだ。

結婚を受け入れても、昔のように心を許してくれた訳じゃないのだと気付き落胆した。

しかしこれまで彼女に手を差し伸べられなかったのだから仕方がない。

気持ちが昂り、すぐに抱こうとした自分の浅はかさを後悔した。

美紅の気持ちが史輝に向くまで待とう。

時間はかかるだろうが、昔のように心を許せる関係になれたら。そして。

（美紅を幸せにしたい）

それが今の史輝の一番の願いだ。

四章　幸せな夜

結婚披露の祝宴から五日が経った。

多忙な史輝は不在がちで、ゆっくり話す機会が持てず、あまり夫婦になった実感が持てないままでいた。

仕事で忙しいのは分かっているが、このままではますます距離が空いてしまいそうで不安になる。

(史輝くんが声をかけてくれるのを、ただ待っているだけでいいのかな)

美紅からも何か歩み寄るための行動をした方がいいのではないだろうか。

それとも余計なことはしない方がいいのか。夫婦になったと言っても、どこまで踏み込んでいいのか分からなかった。

あれこれ考えていたら、いつの間にか午後十一時を過ぎていた。いつもはもうベッドに入る時間だけれど頭が冴えて眠気が訪れそうにない。

(……甘いものでも飲もうかな)

美紅は部屋を出た。中央棟には専属シェフが常駐する立派なキッチンがあるが、美紅が暮らす東棟にも小さなキッチンがある。

階段を下りている途中、史輝とばったり出くわした。

「史輝くん？　……お帰りなさい」

ここ数日、彼の帰宅は、日付が変わってからだった。

（今日はいつもより早く終わったんだ）

ずっと会いたいと思っていたというのに、急なことで動揺してしまう。

史輝も少し驚いているようだった。

「ただいま……どこに行くんだ？」

「あの、喉が渇いたからココアでも飲もうかと思って」

史輝が「そうか」と頷いた。その後は言葉が続かず沈黙してしまう。

（どうしよう……何か言わなくちゃ）

あれほど彼と話したいと思っていたのに、いざこうして顔を合わすと緊張して上手く言葉が出てこない。

せっかくの機会を無駄にしそうで焦りがこみ上げる。

けれどすぐに立ち去るだろうと思った史輝が、なぜかその場から動こうとしない。

どうしたのかと見つめていると、史輝が困ったように苦笑いになった。

「史輝くん？」

「下に行くんだろう？　俺も一緒に行くよ」

「え？」

史輝に促されて階段を下りる。

この時間になると住み込みの使用人も休んでいるためとても静かで、史輝と美紅の足音だけが響いていた。

キッチンに入り、灯りを点ける。壁際にグリルやコンロなどが並ぶ配置で、中央には四人掛けの小さなテーブルセットが置いてある。

史輝は椅子に座り、ビジネスバッグを隣の椅子に置いた。

どうやらココアを作り終わるまで待つつもりらしい。

（もしかして、付き合ってくれてるのかな？）

美紅はお湯を沸かしながら、ちらりと史輝の様子を窺った。遅くまで働いてきたというのに、少しもくたびれた感じはしない。朝会ったときのように清潔感すら感じるほどだ。何か考えるように少し俯いているが、その物憂げな様子が画になっている。

（でも……疲れてない訳ないよね）

連日深夜帰宅が続けば、若くて体力があると言っても心配だ。

「……あの、史輝くん」

声をかけると史輝はすぐに顔を上げた。

「どうした？」

美紅を気づかうような、眼差しと声だった。

「よかったら、消化のよいスープでも作りましょうか？」

「え？」

史輝が目を見開いた。

思っていたよりも大きな反応が返って来たので、心配になる。

（もしかして余計なこと言っちゃったのかな？）

どうしようと困っていると、史輝が嬉しそうに微笑んだ。

「手間じゃなかったら頼む。少し空腹だったんだ」

「あ……はい。すぐ作るから」

史輝に頼まれたのが嬉しくて、美紅は急ぎ冷蔵庫を開けて準備をする。

すぐ火が通る鳥ササミと玉子と野菜で、さっぱりした味付けのスープを作った。

「お待たせしました」

器に注ぎテーブルに置くと、史輝が驚きの声を上げた。

「もうできたのか?」

「はい。お口に合うといいんですけど」

美紅が見つめる中、史輝がレンゲでスープを掬う。口に運ぶとパッと顔を輝かせた。

「……美味しいな」

「よかった」

美紅はほっとして微笑んだ。普段一流シェフの料理に慣れている彼の口に合うか心配だったのだ。

でも彼は残さず完食してくれた。

深夜のキッチンで短い時間の出来事だったけれど、史輝との距離が縮んだような気がして、美紅は幸せな気持ちになったのだった。


翌朝。史輝が出社前に美紅の部屋を訪れた。

「今日は早く仕事が終わる予定なんだ。よかったらふたりで出かけないか?」

「え……ふたりで、外出するんですか?」

「美紅の都合が悪くなければだが」

「わ、私の都合は悪くありません！　大丈夫です！」

無理なら止めておこう、とあっさり言われそうな気がしたので、慌てて返事をする。

「そうか。どこか行きたいところはあるか？」

「いえ、できたら史輝くんに任せたいです」

美紅はこれまで遊びに行く機会がほとんどなかったため、どこに行きたいか聞かれても、すぐには思いつかないのだ。

「分かった。美紅が楽しめるところを考えておく」

史輝が柔らかく微笑んだ。

「……ありがとうございます」

美紅はドキドキと胸が高鳴るのを抑えられず、胸に手を当てた。

（史輝くんから誘ってくれるなんて嘘みたい）

彼も夫婦仲をよくしようと考えてくれているのだろうか。昨夜もふたり穏やかに過ごすことができたし、歩み寄ろうとしてくれているのかもしれない。

「午後までに場所と時間を決めて連絡する。迎えの車を手配するから準備をしておいてくれ」

「はい。あの……楽しみにしています」

「ああ」

史輝が部屋を出て行ってからも、なかなか気持ちが落ち着かなかった。

(どうしよう……すごく楽しみ)

心が弾むのを感じながら、史輝の後ろ姿を見送った。

「えっ？　史輝様とデートするんですか？」

しばらくしてから美紅の部屋にやって来た紗希子に外出の話をすると、彼女は興奮したように高い声を上げた。

「デ、デートって言われた訳じゃないんだけど」

「いや、夫婦がふたりきりで遊びに行くんだからデートじゃないですか」

「……そうなのかな？」

「そうですよ」

紗希子に断言されて、美紅の胸がトクンと鳴った。

昨夜からずっと落ち着かない気持ちでいるのに、ますます気持ちが高ぶっていくようだ。

「美紅さん、よかったですね」

「うん、ありがとう」

紗希子が自分のことのように喜んでくれるのが嬉しい。

気が抜けない本家の暮らしに、徐々に馴染めているのは、彼女の存在によるものが大きい。

「完璧なコーディネイトでおしゃれしないとですね。どこに行く予定なんですか？」

「あ、それがまだ決まってなくて、連絡待ちなの。どこに行きたいか聞かれたんだけど、思いつかなくて史輝くんに任せたから」

「そうなんですね。うーん、仕事後に出かけるなら遠出はしないだろうし、アウトドアってこともないですよね。史輝様はスーツだろうから、それに合わせてきちんとしていながら動きやすい服にしましょうか」

紗希子が張り切って、ウオークインクローゼットに向かった。

いつもは彼女に任せきりの美紅も、珍しく後をついていく。

その様子を見た紗希子がにやりと笑う。

「美紅さんもデートのときは、やる気を出すんですね」

「そ、そう言う訳じゃ……」

美紅は思わず頬を染める。

「可愛く仕上げましょうね」

「……うん、アドバイスお願いします」

紗希子と一緒にワイワイ盛り上がりながら、コーディネイトを組んでいく。

この部屋に住むようになった翌日に、山のように服を買ってもらっているので、選ぶのが大変だ。でもすごく楽しいと感じる。

「スカートがいいですよねー。どんな席なのか分からないから足が隠れるロングスカートの方が安心かな。色はどうします？」

「淡い色がいいかな……ベージュとかオフホワイトとか」

「ベーシックな色にするなら、シンプルになりすぎないようにデザイン性がある方がいいですね」

ふたりで真剣に検討した結果、アイボリーのイレギュラーヘムスカートと、アプリコットのサマーニットに決めた。

紗希子が言うには、美紅はシルバーよりもゴールドが似合うそうなので、派手になりすぎない輝きのネックレスとイヤリングを選ぶ。

そうしている内に、史輝から午後六時に迎えを寄越すとの連絡が入った。

「場所は浜松町《はままっちょう》だって、食事をするのかな？」

「時間的にそうかもしれないですね。食事ならどんな店でも選んだ服で問題ないですね。あとはメイクとヘアアレンジをしましょう！」

実際よりも二倍くらい華やかな美人に見えるメイクをして、髪の毛はロングスカートとのバランスを考慮してふわりとまとめてもらう。

三日前、史輝となかなか時間が合わず落ち込んでいた美紅の気分転換にと、紗希子が人気があるというヘアサロンの予約を取ってくれた。オーナー自らカットと手入れをしてもらったばかりの髪は艶やかで手触りもよく、紗希子がアレンジしやすいと言っていた。

姿見に映る美紅は、幸せそうな令嬢だった。笛吹家で使用人として働いていた頃が嘘のようだ。

「……紗希子さん、本当にありがとう」

綺麗にしてくれたことだけでなく、様々な想いを込めて言う。

「いえいえ、楽しんで来てくださいね！」

笑顔の紗希子に見送られて、美紅は迎えの車に乗りこんだ。

車が止まったのは、駅ではなく、河口近くの桟橋だった。

（え……ここ？）

戸惑ったが、史輝が車に近付く姿が見えたので安心して降りる。

濃紺のスーツ姿の彼は、いかにもできるビジネスマンといった風貌で、見惚れそうになる。

史輝が美紅の目の前で立ち止まった。

「お疲れさまです」

夫にかける言葉にしては他人行儀だろうか。

でも、他になんて言えばいいか分からなかった。

「お待たせして、ごめんなさい」

「いや美紅は時間通りだ」

史輝はそう言うと、美紅の手を掴み歩き出す。

彼がそんな態度をとるとは思わなかったから、驚いた。

デートだと言っていた紗希子の言葉が思い浮かぶ。

同時にドキドキ胸が高鳴った。

史輝に手を引かれて少し歩くと、河口に浮かぶクルーザーが見えた。

「……もしかして船に乗るんですか？」

驚きの声を上げる美紅に、史輝が頷く。

「ああ……もしかして船は苦手か？」

失敗したと思ったのだろうか、史輝が困ったように眉を下げる。

「い、いえっ！　そんなことはないんですけど、予想外だったので」

多分高級レストランでの食事になるだろうと、紗希子と予想していたから。

「それならよかった」

「私、船に乗るのは初めてなので嬉しいです」

いつだったか、笛吹家で働く人たちが屋形船で忘年会を開催したと言っていた。

美紅は笛吹家において微妙な立場であるため呼ばれなかったが、船から夜景を眺めるのは素晴らしかったと皆が楽しそうに話していたのをよく覚えている。

少し羨ましくて、いつか自分も体験したいと思っていた。

まさか史輝と一緒に船に乗ることになるとは思わなかったけれど。

史輝が一際豪華で大きな白いクルーザーの前で足を止めた。

「この船に乗るんですか？」

「ああ、そうだ。うちの船だから貸し切りだ。リラックスしてくれ」

「うちの船？」

まさかこの立派な船が個人の持ち物だなんて。

なんて贅沢なんだろう。でも京極本家の地位と財力を鑑みると不思議はないのかもしれない。美紅にはなかなか慣れることができなそうだけれど。

「美紅、足元に気を付けろ」

船に乗るとき史輝が美紅の体を支えてくれた。

美紅の背中に史輝の大きな手が添えられている。

「あ、ありがとうございます」

彼は女性をエスコートすることに慣れているのだろうが、美紅はこんな風に大切に扱ってもらうのは初めてだ。しかも相手がずっと想っていた相手だから、ただ乗船するだけなのに心臓がドキドキ乱れて落ち着かない。

「お待ちしておりました」

船に乗るとすぐに、この船のスタッフと思われる四十歳くらいの女性に出迎えられた。紺のスーツ姿で髪の毛はきっちり纏めていて清潔感がある。

スタッフの女性が先に立ち扉を開いた先は、広い部屋だった。

床には上質なブラウンの絨毯が敷き詰められ、温かな色味の照明が琥珀色の壁を照らしている。中央には見るからに高価そうなマホガニーのテーブルと椅子が置かれている。

「お席にどうぞ」

スタッフの女性が引いてくれた椅子に、美紅はまだ茫然としたまま腰を下ろした。

正面の席には史輝が優雅に座っている。

視線を巡らすと、窓の外には日没前の朱色の空が広がっていた。席に座ったまま風景が眺められるようになっているようだ。

この部屋だけを見たら豪邸のリビングルームのようで、とても船の中にいるとは思えない。

（すごい……）

美紅がキョロキョロ周囲を観察していると、料理が運ばれてきた。

フランス料理のコースのようで、美しく盛り付けられた料理がテーブルに並べられる。

「すごく美味しいです」

フルコースのテーブルマナーにあまり自信がないが、今夜は史輝とふたりきり。美紅のあら探しをするような人がいないのも、安心できていい。

料理を味わっていると、いつの間にか日が落ち窓の向こうには夜の闇が広がっていた。

船がゆっくり進んでいるようで、遠くの華やかな灯りに徐々に近付いていっている。

「綺麗……」

ライトアップされた大橋は美しく壮大だ。美紅は思わず溜息をついた。

そんな美紅に史輝が優しい眼差しを向ける。

「気に入ったか？」

「はい。とても……一度綺麗な夜景を眺めたいと思ってたんです」

他にもやりたいことや見てみたいものは沢山あった。けれどいつか、伯父にお金を全て返して自由になるまでは我慢だと自分に言い聞かせていた。

まさかこんなに早く実現するなんて。しかも史輝と一緒だ。

訪れた幸福に心が弾む。

「史輝くん、ありがとうございます」

美紅は改まって史輝に頭を下げた。

いきなり船に乗ると聞いた時は驚いたけれど、美紅のことを考えてくれた選択だったのだと気付いたからだ。

まだ人前での食事が苦手で緊張してしまう美紅がリラックスできるように、誰にも邪魔されない環境と、美しい夜景が眺められる場所。

おかげで心から楽しめている。

美紅の気持ちが伝わったのか、史輝が嬉しそうに頬を緩めた。

どこか近寄りがたい彼の美貌だけれど、今は親しみを感じることができる。

「本家での暮らしはどうだ？　困っていることはないか？」

「ええと……川田さんたちから私がやるべき仕事を教えてもらっているのですが、私が至らなくて上手くいかないことが多いです。でも紗希子さんが助けてくれているのでなんとかなってます」

「そうか。初めから完璧にこなせる人間はいない。無理しなくていいから少しずつ覚えていけばいいと思う」

史輝は紗希子のことを知っているようで、彼女については触れなかった。

「ありがとうございます。皆さんに迷惑をかけてないか不安でしたけど、史輝くんにそう言ってもらえると気が楽になります」

微笑んでそう言うと、史輝の表情に陰が差した。

「前も言ったがあまり自分を過小評価するな。それに俺に気を遣いすぎだ。呼び方こそ直ったが、他人行儀な話し方なのは変わらない」

「それは……直そうとは思ってるんですけど」

実際は令華と百合華の前では言葉に詰まってしまうし、史輝に対しても慣れなれしくなりすぎないようにと、線を引いてしまっている。

「自信を持つのは、なかなか大変ですね」

しゅんとして言うと、史輝がしまったとでもいうように顔色を変えた。

「すまない……急かすようなことを言って悪かった」

「いえ、史輝くんの言う通りなので」

「いや、美紅の立場で考えられていなかった。十年以上交流がなかったんだから、すぐに心を許せる訳がないな。俺にとって美紅は昔から変わらず身近な存在で、つい踏み込みすぎてしまうが、美紅にとっては違うのだから」

「え?」

思いがけない史輝の言葉に驚き美紅は目を丸くした。

(私が史輝くんの身近な存在?)

聞き間違いだろうか。だって史輝はある時期から美紅への関心を失い、疎遠になっていったのに。

「……史輝くんは会わない間も、私のことを忘れてなかったのですか?」

「忘れる訳がないだろ? 事情があって会えなくなってしまったが、ずっと心配だった」

今度は史輝が驚きの表情になった。

「本当に？　……知りませんでした。私のことなんてすっかり忘れてしまったんだと思ってたから。結婚だってお母様の遺言で仕方なくだと」

「母が美紅を心配していたのは本当だ。だが、それで結婚を決めたわけじゃない。あのときは再会したばかりで、気持ちを伝えたら混乱させると思って言えなかったが、俺自身が美紅を妻にしたいと思ったんだ」

真摯な目で語る史輝の様子から、彼が言っていることは真実だと確信できた。

（史輝くんが私を選んでくれたんだ……）

とくんとくんと胸が高鳴る。喜びがこみ上げてぽろりと涙が零れてしまった。

「あ……ごめんなさい。これは嬉しくて……」

笛吹家の令華たちは、美紅が悲しくて泣いていると酷く怒った。

めそめそされると面倒だし、気分が悪くなるからだそうだ。

けれど史輝は気を悪くするどころか、席を立ち美紅の側に来てくれた。

「俺が美紅を泣かせてしまったんだな。でも嬉しい涙なら謝るわけにはいかないな」

優しく微笑みながら、美紅の涙を拭ってくれる。

「はい。本当に嬉しくて……ありがとう、史輝くん」

「ああ」

史輝が美紅の体を抱きしめた。そっと労わるように引き寄せられ、広く温かな胸に頬を寄せる。

「こんな風にされたら泣き止めません」

「それなら好きなだけ泣いたらいい。美紅はいままで我慢しすぎたんだ。気が済むまで泣いたらきっと新しい気持ちになれる。俺は美紅の味方だから大丈夫だ」

背中に回る腕に力がこもった。史輝の腕の中で、美紅は声を上げて泣いた。

喜びと切なさと安堵の気持ち。それらが一気に流れていくのを感じていた。


散々泣いた後は、気恥ずかしさが襲ってきた。

せっかく紗希子が施してくれたメイクもぐちゃぐちゃになっていそうだ。

(いろいろ何もかもどうしよう)

史輝の腕から体を起こして、パニックになっていると、くすりと笑った史輝がスタッフの女性を呼んでくれた。

「化粧直しをしておいで。俺は気にしないけど、美紅は困るんだろう?」

美紅はこくこくと頷いた。

「戻って来たら少し飲もう。隣はバーになっているんだ」

女性スタッフに案内されて、化粧室に向かった。

船内とは思えない清潔感と高級感が漂う化粧室で、なんとか身支度を整えてから史輝の下に戻った。

先ほど食事をした部屋の隣は、窓から外を眺められるようにカウンターが設置された、バーのようなスタイルのスペースだった。

様々なお酒が置いてあり、オーダーすると作ってもらえる仕組みのようだ。

史輝は既にカウンター席に着いていて、美紅に気付くと微笑んだ。

再会したときは冷たくて近寄りがたかった美貌が、今はとても甘やかに感じる。

あまりアルコール度数が高くないカクテルをオーダーして、史輝と乾杯する。

史輝の前で泣いたせいか、構える気持ちが消えていた。アルコールの力も少しはあるかもしれないけれど、史輝がぐっと身近になったと感じる。

彼も同じように感じているのだろうか。ふたりの間に流れていた気まずい空気はもうどこにもない。

それまで避けていた幼い頃の思い出話に花が咲く。しばらく楽しかった日々の記憶を辿り笑い合っているとふと沈黙が訪れる。

史輝が改まった様子で口を開いた。

「会いに来るのが遅くなって悪かった。笛吹家での暮らしは大変だっただろう？」

「大変だったけど、史輝くんはなにも悪くないです。気にしてくれていただけで嬉しいから」

「……当時の話をするのは気が重いか？」

史輝は過去の話をすることで美紅が落ち込まないか心配してくれているようだ。

「いいえ。笛吹家で暮らしている頃は、落ち込むことが多かったけれど、今振り返ると完全に絶望してた訳じゃなかったみたいです。伯父様に借りているお金を返して独立したら、あれをやろうこれをやろうって考えてたくらいだから」

きっと完全に諦めていたら、未来への希望なんて持っていなかったはずだ。

昔のように史輝の側にいるのは無理だと諦めていても、自分なりの小さな幸せを願う心はあったのだ。

「そうか……よかった。これからはその未来に俺を入れてくれるか？」

史輝が美紅を見つめて言う。その美しい眼差しに鼓動が跳ねた。

「そ、それはもちろん……だって史輝くんは私の旦那様だから」

美紅の言葉ひとつで史輝の顔に喜びが広がるのが嬉しくて仕方ない。

顔が火照るのを感じながら、グラスに残っていたお酒をごくりと飲む。

船はとてもゆっくり進み、景色の移り変わりは緩やかだ。

窓ガラスには、史輝と並ぶ自分の姿がぼんやりと映っている。日常から切り離されたような幸せなひと時。

そんな中、見覚えのある風景が迫ってきた。

「あっ！　あれはお台場《だいば》ですよね？」

「ああ」

「とても綺麗、この景色実際に眺めてみたかったんです」

「それはよかった。この辺りに少し停船するそうだから、ゆっくり眺められる」

「本当に？　嬉しいです」

美紅がはしゃいでいると、女性スタッフが近付いて来て、史輝にそっと耳打ちした。

彼は頷くと美紅に目を向ける。

「美紅、外に出てもいいそうだがどうする？」

「外に？　行ってみたい！　……あ、行ってみたいです」

舞い上がっていたからか敬語を忘れてしまったことに気付き言い直す。すると史輝に残念そうな顔をされてしまう。

「どうして言い直すんだ。せっかく敬語が取れたのに」

いい機会だから敬語禁止と半ば強引に言われ、美紅は戸惑いながらも頷いた。

カウンター席を出て史輝と共に外に出る。肌ざわりのよいショールを貸してもらえたので、肩に羽織った。

「わあ……外に出るとまた雰囲気が違う」

船内からの景色はもちろん美しかったが、外はそれに加えて開放感がある。水辺独特の匂いもする。

「美紅、暗いから足元に気を付けろ」

史輝が美紅が転んでしまわないように支えてくれる。

「あ、ありがとう」

彼のエスコートはスマートで優雅だから、まるで自分が高貴なお嬢様になった気がして気恥ずかしい。

ふたり寄り添い船上に立ち、華やぐ岸を眺める。

「……今日、ここに連れて来てもらえて本当によかった。ありがとう」

心からの感謝を伝えると、史輝が気持ちに応えるように美紅の腰を抱き寄せた。

「よかった。情けないと思われるかもしれないが、どこに行こうか結構考えたんだ。美紅に少しでも楽しんで欲しくて。悩んだ甲斐があったよ」

「史輝くんが私のことを思って考えてくれたんだって、伝わってきた」

「美紅……」

史輝に見つめられて美紅は開きかけた口を閉ざした。

突然高まる緊張感に戸惑いを感じるのに、彼から目が離せない。

史輝の右手が美紅の頬に触れた。と思ったらもう片方の手で腰を引き寄せられて更にふたりの距離が近くなる。

驚き瞬きをしようとしたとき、唇が触れ合った。

どくんと一際高く鼓動が跳ねる。

すぐに離れたけれど、美紅は顔を真っ赤に染めて狼狽えた。

「し、史輝くん……」

動揺する美紅から史輝は目を逸らさず、再び顔を近付けてくる。

「美紅、愛してる」

「……んっ」

今度は一度目よりも長く唇が重なっていた。

その次はもっと長く、美紅を抱き寄せる史輝の腕にも力が籠められる。

美紅の頭の中は真っ白で、ただ史輝への愛しさだけに占められていた。


船で過ごした時間は、夫婦の距離がぐっと近付くものになった。

迎えの車に乗り込む頃には、史輝は当然のように美紅の肩を抱き、美紅も史輝に体を預けていた。

京極家の館に戻りそれぞれの部屋に入るとき、史輝が美紅の耳元で囁いた。

「あとで部屋に行く」

甘いその声に、美紅はふらふらと倒れ込みそうになりながら、自分の部屋に入ったのだった。

浴室で念入りに体を清めて史輝の訪れを待った。

初夜のときのようにガウンを着ておくべきか、それとも普段のナイトウエアでいいのか。迷った末にゆったりしたナイトウエアにした。

ガウンでは意識しすぎているのがばれてしまいそうな気がしたから。でもやっぱりガウンにした方がよかったのかと、些細なことで悩んでしまう。

今夜美紅の部屋に来るということは、史輝は初夜のやり直しをするつもりなのだろう。

（どうしよう……緊張して倒れそう）

まだ史輝が来ていないというのに、心臓がドキドキと煩い。

ただ初夜のときの不安と恐れとは違い、ときめきによる緊張感だ。

船の上でキスをしたときの唇の感覚が、まだ鮮明に残っている。抱きしめられたときの腕の強さと逞しい体の感触も。

更に濃厚な触れ合いが待っているのだと思うと、どうかしそうだ。

カチャリとドアが開き、史輝が入って来た。

ソファの周りで落ち着きなくウロウロしていた美紅は、びくりと肩を震わす。

「美紅？」

その様子を見た史輝が首を傾げた。

しっとりした黒髪と、ガウンから見える男らしい胸元が色っぽい。美紅は思わず息を呑む。

「史輝くん……あの」

「どうしたんだ？」

史輝は躊躇いなく美紅に近付き、心配そうに顔を覗き込む。その表情すらクラクラするほどかっこよくて顔が熱くなる。

きっと赤くなったのだろう。史輝が少し驚いた顔をして、それから嬉しそうに目を細める。

「緊張してるのか?」

「は、はい……」

「それなら美紅がリラックスできるようにしないとな。少し待ってて」

史輝がくるりと踵を返して部屋を出て行こうとする。

「どこに行くの?」

まさかまた気分が萎えてしまったのだろうか。慌てて声をかけると、史輝は美紅を安心させるように微笑んだ。

「すぐに戻って来るから」

「……うん」

史輝は宣言通り五分もしない内に戻ってきた。手にはワインのボトルとグラスがふたつ。

「少しだけ飲もう。体が温まるしリラックスできる」

史輝は慣れた手つきでワインを注いだグラスを、美紅に渡す。

「いただきます」

すぐに寝室には行かず並んで座る。

「今日はいい思い出になったな」

史輝がしみじみした様子で言う。

「うん。本当に楽しかった。史輝くんがよかったらまた行きたいな」

「花火の日に行こうか。きっと綺麗だ」

「本当に？　わあ……楽しみだな、あ、でも史輝くんはまた同じところで大丈夫？」

「俺は美紅が喜んでいる姿を見るのを楽しみにしてるから。いっそのこと美紅のために花火を上げるのもいいな」

「ええっ？　いくら史輝くんでもそれは無理でしょう？」

「無理なものか。愛する妻のためなら何でもできる」

「そ、そんなに甘やかされたら、困ってしまいます！」

恥ずかしがる美紅に史輝がにこりと笑いかけ、グラスをテーブルに置いた。

美紅も彼に倣う。

「少しは緊張が解けた？」

史輝が美紅の頬を優しく撫でながら、顔を覗き込む。

「……はい」

どうしようもなく、ときめいてはいるけれど。

「よかった」

史輝はそう言うと、顔を傾けて美紅に口づける。

船上よりも少し長く、顔を離すとすぐに角度を変えて口づける。

何度も繰り返している内に、強く抱きしめられていた。

ぴたりと密着してお互いの熱を感じ合いながら唇を重ねる。

うっとりとするような時間が続き、求める気持ちが強くなっていく。

史輝の大きな手が美紅の耳から首筋に触れたとき、反応して声を上げそうになった。

その瞬間、彼の舌が美紅の唇を押し割るように入ってきて、美紅は驚いて目を見開いた。

けれど口内を刺激されるとすぐに目を開けていられなくなった。

「んんっ！」

これまでのキスとは一線を画す濃厚さに、頭の芯から溶けてしまいそうになる。

史輝の舌が慄く美紅の舌を捕獲するように絡めてきた。

ぞくりとする刺激が全身に巡り、体から力が抜けていった。

(もう……どうかしてしまいそう)

史輝に身体を委ねながらも敏感に反応してしまっていたが、夢中なひとときは史輝が離れたことで突然終わった。

閉じていた目を開けたのと同時に、体を抱き上げられる。

「あ、史輝くん……」

「ベッドに行こう」

「……うん」

史輝に横抱きにされたまま寝室に向かいベッドに優しく下ろされる。

同時に彼が覆いかぶさり、口づけが再開した。

「あ……ん……」

静かな寝室に熱気が籠りはじめる。

史輝と手を繋ぎ合わせながら、何度もキスを交わしていると、もう彼のことしか考えられなくなっていた。

不安も緊張もなにもない。ただ彼に抱いてもらいたいと思う。

するりとナイトウエアが脱がされ、素肌が空気に触れる。体中火照っているせいか空気がひんやりとしているように感じたが、史輝の舌がなぞると、たちまち体中が熱くなった。

「美紅、目を開けて」

史輝に言われて、閉じていた目を開けると、ガウンをはだけた彼が美紅を見下ろしていた。

切れ長の怜悧そうな目に、男の欲が宿っている。

何の経験もない美紅でも、彼が自分を求めているのだと分かる。

「史輝くん……好きです」

「美紅」

史輝が大きく目を見開く。

「船の上で愛してるって言ってくれたのに、返事ができなかったから……すごく嬉しかった。私もずっと史輝くんが好きだったから」

ようやく言えたと、喜びが胸に広がる。

しかし史輝は切な気な表情を浮かべた。

「美紅……辛い環境から助けられなかった俺を想っていてくれてありがとう。二度と悲しい想いはさせないから。美紅は俺が必ず守る」

史輝の表情も声も真摯で、心からの言葉だと伝わってくる。

「……うん」

嬉しくて、史輝の首に腕を伸ばし抱き着いた。

「愛してる」

史輝が逞しい腕で抱きしめ返してくれるのを幸せに感じながら美紅は目を閉じた。


初デートの日以来、史輝と美紅の関係は激変した。

ぎこちなさはもうどこにもない。

史輝は相変わらず仕事が忙しくて家にいる時間はあまり多くないけれど、夫婦の時間をとても大切にしてくれる。

食事は可能な限り一緒に取るようにしているし、二日に一度はベッドを共にする。

美紅への愛情表現を隠さなくなった。

それは本家で働く使用人たちも驚くほどで、美紅は紗希子に度々揶揄われた。

「美紅、行ってくる。今日は少し遅くなりそうだから、先に食事を済ませておいて欲しい」

史輝は出勤する前にしっかり予定を告げるようになった。

帰りが遅いなど気を揉む必要がなくなるし、なんでも話してくれているようで嬉しくなる。

「分かった。気を付けて行ってらっしゃい」

「ああ」

史輝は美紅の頬に軽くキスをしてから、上機嫌で家を出た。

残された美紅は頬を押さえて俯いた。

見送りに来た玄関には、他の使用人もいるから、かなり気恥ずかしい。

(何度しても慣れない……)

人前でイチャイチャするのは、美紅にとってはかなり勇気がいることだ。

けれど史輝はただ愛情表現をしている訳ではない。

彼が美紅を大切にしていると周知することで、美紅の立場を守ってくれているのだ。

その証拠に、初夜で放置されたと思われていたときよりも、明らかに使用人たちが美紅に気を遣っている。

史輝の見送りを終えて私室に戻ると、紗希子が待っていた。

今日は分家の夫人たちを招いた交流会があるので、服やアクセサリーを選んでもらうことになっている。

「あ、美紅さんお帰りなさい」

「ただいま」

「顔赤いですね。もしかしてキスでもされました？」

鋭い紗希子の指摘に、どきりとする。

「あ、当たりだ。本当に仲がよくなりましたね。よかった！」

紗希子が自分のことのように喜んでくれているのを見て、美紅も嬉しくなった。

他の使用人の態度が変わった今でも、一番信用できるのは彼女だと思う。

「何着か候補を決めたんですけど、どれにしますか？」

紗希子とクローゼットに行き、候補になった三着のワンピースを確認する。

ハニーイエローと、コーラルピンク、ターコイズブルーの、上品でありながら夏らしい爽やかさを感じるものだ。

「……どれもちょっと派手すぎないかな？」

デザインも素材も素晴らしいのは分かるが、美紅が着るには華やかすぎるような気がする。

今まで選んだことがない色だ。

「そんなことないですよ。どれも美紅さんによく似合う色だから。むしろこれくらい華やかな格好をした方がいいんですよ。次期総帥の愛され妻なんですから」

「あ、愛され妻って……」

恥ずかしくなるワードにまた頬を染めてしまう。

(いちいち顔が赤くなるくせをなんとかしなくちゃ)

「事実ですよ。さ、どれにします?」

「うーん……それじゃあ、ブルーの服にしようかな」

一番露出度が低いデザインのものにする。紗希子は顔を輝かせた。

「美紅さんセンスがいい! このワンピースが一番体のラインが出て、かっこよく見えてお勧めだったんですよ」

「えっ、体のライン? やっぱり他のものに変えていい?」

人前にそんなものを披露する自信はない。きっと貧相に見えるだけだ。

「駄目ですよ、直感を大事に」

けれど紗希子に却下されてしまった。

気が進まないながらも着替えをして、ヘアアレンジとメイクをした。

姿見に映る姿は、心配とは裏腹になかなか様になっていた。

「紗希子さんの見立てはいつも完璧だよね」

「ふふ……ありがとうございます。さ、そろそろ時間ですよ」

機嫌よく弾んでいた紗希子の声が、トーンダウンする。

「無理しないでくださいね。また嫌なことを言われたら、中座していいと思います」

「うん、どうしても駄目になったら戻ってくるね。行ってきます」

紗希子に見送られて部屋を出た。

結婚披露の日に女性だけの交流会をした部屋に向かう。

京極本家と十ある分家は、ほとんどが遠縁関係だが、月に一度はこうして集まり情報交換をすることになっている。今日は八月の集まりだ。

主催は本家の役割だから、美紅が仕切らなくてはならない。

けれどもまた披露の日のように無視をされるのではないかと不安になる。紗希子が無理をするなと言っていたのは、美紅の気持ちを察してくれているからだ。

(でも今回はできるだけ頑張ろう)

覚悟をして談話室に入ると、まだ時間前だというのに招待客は皆揃っていた。

美紅を認めないと言いながらも、本家の招集には従うようだ。

「お待たせいたしました」

美紅はそう声をかけながら、部屋の奥の上座に向かう。

途中で驚愕する百合華の顔が視界に入った。けれど気付かないふりをして、全員に対して声をかける。

「お集まりいただきありがとうございます。私からは特にご報告することはないため、今日は皆様とゆっくりお話ができたらと思います。様々なお料理を用意しましたので、どうか楽しんで行ってください」

話しながら部屋全体に視線を巡らせる。

意外にもほとんどの人が美紅の言葉に耳を傾けている様子だった。

美紅の席は上座で部屋の入り口から見て最奥にある。同じテーブルには五十代半ばと思われる品のある女性と、四十代くらいの落ち着いた雰囲気の女性。それからまだ十代後半思われる若い女性だった。

笛吹家の人とは別のテーブルだ。おそらく席を決めた川田が気を遣ってくれたのだろう。

(同じ席の人はみんなおっとりした雰囲気だし、話しやすそう)

ほっとしながら、事前に確認しておいた彼女たちの情報を思い浮かべる。

(たしか分家の前田夫人とその娘さん、もうひとりは高梨《たかなし》さんだったかな)

「美紅様、本日はお招きいただきありがとうございます」

同テーブルの女性たちが、笑顔で話しかけてくれた。

令華のように目立つタイプではないが、優しそうな雰囲気にほっとする。

「素敵なインテリアですね。お披露目のときとは変わりましたよね？　これは美紅様が？」

「はい。お部屋の飾りつけは私の役割だと聞きましたので、自分なりに整えてみました。暑い日が続いていますので、寒色系をメインにして清涼感を意識しています」

これまでは本家に夫人がいなかったため、川田が義父や史輝の意向を確認して代理で行ってくれていたそうで、重厚感のある雰囲気になっていた。

美紅は悩んだ末に、夏の暑さが和らぐような涼し気なイメージの部屋を作った。

ファブリックは明るい色にして、白とブルーと薄紫の花でシンプルに飾り付けた。

もちろん前任の川田や紗希子にもアドバイスをもらったけれど、初めてにしては上手くできたと思う。

「素敵だと思います。清涼感がありますし、若々しさも感じますわ」

目が肥えた分家の夫人にも気に入ってもらえたようでよかった。もちろんお世辞かもしれないとは分かっているけれど、それでも嬉しい。

「本家での暮らしは慣れましたか？」

前田夫人が優しく声をかけてくれた。前田家は分家の中でも特に目立ったところがない家だが、彼女自身は分家の夫人の中でも年長者ということもあり一目置かれた存在だ。

令華以外は彼女を尊敬し、頼りにしているように見える。

「はい。なんとか馴染んできています」

「お仕事の引継ぎは順調ですか？」

「家政の方はほとんど終えました」

美紅がやるべき仕事である家政とは、京極本家にかかる経費の管理だ。

交際費や必要な購入品、従業員への給与が適性に行われているか確認して、支払いの許可を出す。他には京極家として持っている財産の管理。

これも川田をはじめとした古参の使用人が、代理で行ってくれていたようで、引継ぎ後も慣れない美紅を補佐してくれている。

美紅が期待されている役割はそれだけでなく、社交もあるから本家の夫人は大変だ。

でも分家だとしても、規模の違いはあるにしても同じようなものなのだろう。

史輝の母はこれに加えて、いくつか事業を行っていたそうだ。

それらを全てこなしていたなんて、美紅から見ると信じられないくらいの有能さだ。

「そうなんですね。慣れない内は負担も大きいでしょうが、あまり無理はなさらないで」

「ありがとうございます」

予想よりもずっと話が弾んであっという間に一時間が過ぎていた。

「少し失礼します」

美紅は席を立ち、隣のテーブルに移動した。

話したそうな視線が送られていることに気付いたら、なるべく声をかけた方がいいと川田から言われているからだ。

数人と話したけれど、以前のような軽蔑されているような居たたまれなさは感じず、無事はじめての交流会は終了した。

川田や紗希子と一緒にお客様を見送った後、後片付けに談話室に戻った美紅は、どさりとソファに座り込んだ。

「問題なく終わって、よかった」

平気なふりをしていたけれど、ものすごく緊張していた。

百戦錬磨のような貫禄がある女性たちの中では萎縮しないでいるだけで精一杯だというのに、本家の人間として、しっかりしないといけないのはプレッシャーが大きい。

それでも、なんとか乗り切った。

「お疲れさまでした。無事終わってよかったです」

川田に声をかけられて、美紅は笑顔で頷いた。

「ありがとうございます。なんとかなってほっとしています」

「何事も一度経験することで、二度目は格段に上達します。次はきっと平然と過ごせますよ」

「そうだったらいいんですけど」

あの中で顔色を変えずに堂々としている自分は、まだ想像できない。

「この色のワンピースにしてよかったですね。似合っているだけでなく、誰とも被っていなかったので」

「うん。紗希子さんに勧められたから着てみたけど、意外と違和感なく着られて新しい発見になったよ」

「肌のトーンに合ってるから顔色がよく見える効果があるんですよね。皆さん美紅さんを見て、感心していた様子でしたよ。笛吹家の人たちは、ものすごい顔をしてましたけど。あれは嫉妬ですね」

「紗希子さん！　失礼ですよ」

呆れたように呟いた紗希子を、川田が窘めた。

「あ、すみません」

しまったという顔の紗希子に、川田が呆れたような溜息を吐く。

「不用意な発言は京極家の品位を下げます。以後気を付けてください」

「はい」

珍しくしゅんとしてしまった紗希子の様子に、美紅がオロオロしていると、談話室のドアがノックもなしに開いた。

「……百合華さん？」

ドアの前で立ち止まり美紅を見つめているのは、鮮やかなローズレッドのワンピースを着た百合華だった。

つい先ほど、令華と一緒の車に乗り込んだところを見たというのに、なぜここにいるのだろう。

「忘れ物をしたから戻って来たの」

「あ、そうなんですね。直ぐに捜します。何を忘れたのでしょうか？」

美紅は立ち上がり、足早に百合華の下に向かう。

「美紅に言い忘れたことがあったのよ！」

いきなりきつい口調で言われ、美紅は驚き立ち止まった。

「……どのようなことですか？」

おそらく文句だろうが、令華と別行動をしてまで言いにくるほどの内容が思い当たらなかった。

「あんたは……！」

「百合華様、そのような言い方は美紅様に対して失礼になります。どうか控えていただけますようお願いいたします」

今にも掴みかかりそうな勢いの百合華から美紅を庇おうとしているのか、川田が前に出て来た。

百合華は不愉快そうに顔をしかめたけれど、ここが本家であることを思い出したのか、怒りを収めるように深く息を吐いた。

「美紅は態度を改めるべきだわ。本家に嫁いだからいい気になっているみたいだけど、私たちを蔑ろにしたら、その地位を失うわよ？」

「……私はいい気になんてなっていませんし、百合華さんを蔑ろにしているつもりもありません」

百合華に反論するのは、美紅にとって勇気がいることだ。

今にも体が震えそうになっているほどだ。

しかし百合華の目からは、生意気に映ったようで、彼女は再び激怒する。

「それなら、どうして私たちに挨拶しなかったのよ！」

「声はかけました。でも百合華さんは私と話したくないようでしたので」

「私が悪いって言いたいの？　やっぱり調子に乗ってるじゃない。史輝さんに少し優しくされたからって、いい気になってるんじゃないわよ。あんたなんてどうせすぐに離婚されるんだから！」

「離婚？　それはどういう意味ですか？」

冗談でも言わないで欲しい。そんな思いからつい眉を顰めてしまったのが気に障ったのか、百合華がますます激高する。

「美紅に本家夫人なんて務まる訳がないって皆言ってるわ！　近い内にお母様が伯父様を説得するつもりだそうだから。そうなったらあんたもお終いね」

「お義父様に？」

百合華は一気にまくし立てるとにやりと意地悪く笑う。

「そうよ。昔から姪の私の頼みを何でも聞いてくれるの。離婚だって例外じゃない。一応理由は必要だから美紅が失敗するのを待っていたんだけど、大分積み重なったみたいだし、そろそろ追い出されるんじゃない？」

「積み重なったって、なにがですか？」

「いろいろよ？　身に覚えがあるでしょう？　報告を受けてるわ」

「報告……」

やはり本家内に令華と百合華に情報を流している人物がいるようだ。

紗希子が探ってくれているけれど、なかなかしっぽを出さないようで、未だ割り出せない。

（早くスパイみたいなことをしている人を見つけなくちゃ……その前に、百合華さんたちをどうやって止めたらいいんだろう）

美紅が何度か失敗したのは事実だ。

直筆で書かなくてはならない礼状の手配を失念したり、贈答品選びでもミスをするなど慣れない仕事に苦戦した。

ただ、どれも周りの人々がフォローしてくれて大きな問題になっていないし、同じミスは繰り返していない。

「心当たりがあるみたいね。美紅の幸運はもう終わりよ。そんなことはあり得ないと思うけど、もし史輝さんが反対しても、伯父様の命令には逆らえないわ」

美紅は反論できずに目を伏せた。

（お義父様が令華伯母様の意見を受け入れて離婚しろと言い出したら、史輝くんはどうするのかな）

考えたくはないが、不安が募る。

「ようやく分かったみたいね。史輝さんと美紅じゃ釣り合いが取れてないのよ。誰に聞いてもそう言うわ」

美紅が反論を止めたからか、百合華が勢いづいてしまった。

「史輝さんの手を煩わせないで、さっさと自分から身を引きなさいよ！」

百合華が脅すように一歩足を踏み出してくる。

そのとき、思いがけない声がした。

「それがお前の本性か」

「えっ？」

美紅と百合華が同時に声を上げて、声の方に顔を向ける。

そこには険しい顔をした史輝が佇んでいた。

「し、史輝さん……」

百合華がざっと青ざめる。彼がここに現れたのは、完全に計算外だったのだろう。

「大きな声が聞こえるから何事かと思って来てみたが、驚いたよ。まさか百合華が妻に暴言を吐くとはね」

「ち、違う！　違うの……」

百合華は美紅に対してはかなりきつい態度を取るが、外では愛想がよく優しい女性と印象付けている。おそらく史輝の前でも攻撃的な面を隠していたのだろう。

史輝が失望したような目で百合華を見つめる。

「何が違うんだ？　さっさと身を引けと言っていたが、なぜ俺の妻がそんなことを言われなくてはならないんだ？」

「それは……だって、美紅じゃ史輝さんの妻なんて務まらないもの。なんの教育も受けてないのよ？　高等部を卒業した後はずっとうちで掃除ばっかりしてたんだから」

百合華の言葉が逆鱗に触れたかのように、史輝の顔色がさっと変わった。

「お前たち笛吹家の人間がそれを言うのか」

「史輝さん？　私にお前だなんて……」

乱暴な言い方をされた経験などないのだろう。百合華が怯んだように後ずさる。

「これまで身内だからと甘い対応をしていたが、美紅の害になる者を近付ける訳にはいかない。今後お前の本家出入りを禁じる」

「えっ？　待ってそんなの駄目よ！」

百合華が焦ったように叫んだ。

よほど驚愕が大きいのか、恐れていたことなど忘れたように、史輝ににじり寄る。

けれどその態度は当然と言えた。

本家の出入り禁止を受けてしまえば、京極グループ内での立場はかなり悪くなる。

笛吹家で使用人をしていた頃の美紅がまさにその状態で、誰からも見向きされなかったのだ。

百合華には令華がついているから、いつまでも出入り禁止が続くことはないだろうが、それでもプライドが許さないはず。

史輝が出したきつい罰に、美紅は内心驚いていた。

史輝は伯父と令華の美紅に対する仕打ちについては怒っていたけれど、百合華について言及したことはなかった。

ふたりが会話をするところを何度か見かけたが、従兄妹としてそれなりに仲よくしていると思っていた。

それなのに、こんなに強く断罪するとは。

「史輝さん、考え直して！」

泣きはじめた百合華を、史輝はうんざりしたように突き放す。

「誰か、こいつを送ってくれ」

使用人に無理やり百合華を連れて行かせると、史輝は美紅に目を向けた。

「美紅、大丈夫か？」

「ええ。史輝くんが来てくれたから。でもどうしてここに？」

百合華同様、美紅も朝見送ったはずの彼の登場に驚いていた。

「予定がキャンセルになって時間が空いたから美紅の顔を見に寄ったんだ」

「もしかして、心配して来てくれたの？」

今日交流会があることは史輝も知っていた。

顔を見に寄ったと言っているが、本当は美紅が交流会で嫌な思いをして落ち込んでいないか気にして来てくれたのではないだろうか。

史輝が少し困ったように微笑んだ。

「……ありがとう。いつも心配かけてばかりでごめんなさい」

「いいんだ。来てよかったよ。まさか百合華があんな態度を取るとはな」

思い出しているのか史輝が眉を寄せる。

ふたり並んでソファに腰を下ろす。成り行きを見守っていた川田と紗希子は、いつの間にか部屋を出て行っていた。

「私は昔から百合華さんに嫌われているから」

史輝の顔が曇る。

「以前からあんなことを言われていたのか？」

「……百合華さんとしては、家族仲良く暮らしているところに、突然私が入り込んで来たから不快だったんだと思う」

美紅が笛吹家に引き取られたとき、百合華もまだ子供だった。

従姉妹関係とは言え、それまで全く交流がなかったのだから他人同然だ。それなのにいきなり同居が始まった。

快く受け入れる人もいるだろうが、百合華は不満を持った。

直接、一緒に住みたくないと言われた覚えもある。

当時の美紅は泣いてばかりいたから、そんなところも鬱陶しく気に入らなかったのかもしれない。

「子供の頃ならまだ分かるが、未だに美紅に怒りを向けているのは、他に原因があるからだろう……おそらく令華さんから美紅を嫌うように誘導されているのだろうな」

史輝が憂鬱そうに言う。

「え？　史輝くんは百合華さんが私を嫌うのは、令華伯母様のせいだと思ってるの？」

「ああ……美紅が新しい生活に慣れて落ち着いたら話すつもりだったが、令華さんが美紅に辛く当たるのは、彼女なりの理由があるんだ」

「私が私生児だってこと以外に理由があるの？」

「そうだ。美紅にはなんの瑕疵もない。そして彼女が憎んでいるのは美紅だけではなく、俺の母と、おそらく俺にも怒りを持っている」

「史輝くんにまで？　一体どうして……」

史輝は美紅と違って、血が繋がった甥なのに。

「元をただすと、令華さんが生まれた頃まで遡る話だ。俺の父、現京極グループ総帥は養子で——」

史輝は、美紅の知らなかった京極家の事情を打ち明けてくれた。

美紅は義父が養子だと知らなかったから驚いた。親世代になると事実を知っている者が多いが、義父を慮って口にしないようになったとのこと。

話を聞き終えると美紅は、はあと息を吐いた。

想像以上に込み入った過去の話は、衝撃的で気持ちが重くなるものだった。

「私の母は令華伯母様との関係に悩んで家を出たのかな……」

独り言に近い発言だったが、史輝は痛ましげな顔になった。

「それは分からないが、令華さんが嫁いで来て居心地が悪くなったのは確かだと思う」

「お母さんは、令華伯母様にも臆せず、間違っていると注意していたんでしょう？ 私の記憶の中の母は明るくて優しくて、ちょっとどじなところがある人で厳しさは感じなかったから、なんだか想像できない」

「そうだな。とても優しい人だった」

「お母さんは定期的に史輝くんのお母様を訪ねていたけれど、いつも何を話していたのかな。私には聞かせたくなかったようだけど、史輝くんは知ってる？」

当時美紅は幼くて、母の訪問の理由を深く考えたことはなかった。

史輝も子供だったが、美紅よりは年上だから何か覚えていないだろうか。

残念ながら、史輝は首を横に振った。

「話の内容は分からない。母たちはかなり警戒していて、美紅だけでなく誰も近付けないようにしていたんだ」

「そうなんだ……」

「ただ考えていることはある。あくまで俺の想像だが、美紅のお母さんは笛吹家に戻ろうとして、俺の母と相談をしていたのだと思う。警戒していたのは令華さんに知られたくなかったからだ」

「まさか！　……それはないと思う」

「どうしてだ？」

思ってもいなかった内容だったので思いきり否定してしまったが、史輝が気を悪くする様子はなく冷静に言葉を返された。

「私と母は本家から一時間くらいのところにあるローカルな駅近くに住んだの。父親はいなかったし、小さなアパートだったけど、近所の人は親切だったし楽しく暮らしていた。笛吹家とは一切関わっていなくて、私は母が亡くなるまで親戚がいることも知らなくて……もちろん京極家についても、母の友人の家としか思ってなかった」

当時の美紅は自宅近くの保育園と公立小学校に通い、ごく普通に暮らしていたのだ。特別なことはないが、日々は楽しく、不満はなかった。

母だっていつも笑っていたし、幸せそうに見えたのに。

「それに、関係が悪かった令華伯母様がいる実家に戻ろうなんて、普通は考えないでしょう？」

「そうだな。だがその令華さんを追い出そうと計画していたとしたら？」

「えっ？」

美紅は大きく目を見開いた。

「まさか……あのお母さんがそんな大それたことを考える訳がない」

優しかった母と怖ろしい令華。そんなふたりが争ったら令華に軍配が上がるのは目に見えている。

「ひとりでは無理だが、幼い頃からの親友だった俺の母と協力していたとしたら可能かもしれない」

「でも……自分が実家に戻りたいからと言って兄嫁を追い出すなんて……お母さんがそんなことを考えていたなんて信じたくない」

「そうだな。私怨で追放しようとしたのではないと思う。俺たちが知らない事情がきっとある」

「……もし母が亡くならなかったら、実行していたのかな？」

「そうかもしれない。俺の父なら当時の事情を知っているかもしれないが、簡単には話さないだろうな」

史輝が憂鬱そうに顔を歪めた。

そう言えば彼と義父が親しく接している姿を見た覚えがない。

（お義父様との関係が上手くいっていないのかな）

京極家に移り住んでからは美紅自身に余裕がなかったこともあって、周囲に気を配れていなかった。

(自分のことばかり考えてないで、しっかりしなくちゃ)

そのためにはもっと強くならなくては。

現在はっきりしているのは、令華は美紅を憎んでいるが、その原因は美紅にはないから、どう頑張っても関係が改善することはないということ。

百合華は令華の影響を受けているのと、史輝と結婚したことで美紅を恨んでいると考えられる。

令華は京極一族の中で強い力を持っていて、最高権力者の義父にすら影響力がある。

史輝と義父の関係は、良好とは言えないように見える。

つまり史輝も安全な立場にあるという訳ではないということだ。

(史輝くんに頼ってばかりじゃ駄目だ。私がしっかりしなくては)

誰に何と言われても史輝と別れるつもりはない。

きっと彼も同じように想ってくれている。

「史輝くん、私、もっと頑張ります。令華伯母様と百合華さんに何を言われても負けないように」

美紅の宣言に、史輝は驚いたように目を瞠る。

それから嬉しそうに微笑んだ。

「頼もしいな。でも無理はするなよ。俺がいることを忘れないで」

史輝が囁きながら美紅を抱き寄せる。

「はい……」

温かな腕の中で、美紅はゆっくり目を閉じた。

五章　変化

夏の暑さが落ち着きはじめ、秋の始まりを感じる九月中旬。

美紅は史輝と共に、東京《とうきょう》の老舗ホテルを訪れた。

京極グループの取引先である『キフジフード』の創立三十周年記念パーティーに招かれたからだ。

パーティー会場に入るとすぐに、人々の輪の中から抜け出した四十代後半に見える男性が駆けつけてきた。

「京極様、お越しいただき恐縮です」

どうやら彼が今日のパーティーの主催者である木藤《きふじ》社長のようだ。

食品業界の大手であるキフジフードのパーティーだけあり、同業種の経営者や著名人が集まっているが、その中でも史輝は注目を集めている。

主催者も他の招待客も、史輝に近付くチャンスを窺っている。

その様は財界での京極家の地位を表している。分かっていたことだけれど、目の当たりにすると圧倒された。

（すごい……みんな史輝くんに気に入られようと必死になってる）

人に傅かれることに慣れている史輝とは違い、美紅は気を抜いたら萎縮しそうになる。

「あの、そちらの方は……」

木藤社長が史輝に寄りそうように立つ美紅に目を向ける。

すると史輝が端整な顔を満足そうに綻ばした。

「先日結婚した妻です」

「京極美紅と申します」

美紅は木藤社長に向けて微笑んだ。

こうして史輝の苗字を名乗るのはまだ慣れていない。

緊張感の中でも、くすぐったさを感じ、嬉しい気持ちがこみ上げてくる。

史輝の言葉を聞いた藤木社長の顔に一瞬驚愕が浮かんだが、すぐに居住まいを正した。

「改めてご挨拶させてください。キフジフードの代表取締役を務めております木藤と申します。お見知りおきいただけると幸いです」

「こちらこそよろしくお願いします」

丁寧な挨拶に、美紅は微笑みながらはきはきと返事をする。

美紅は声が小さいうえに、語尾は更にぼそぼそと小声になるため、自分では大袈裟と思うくらいはっきりと話す方がいいと、マナーの教師にアドバイスされた。

忠実に守っていると、分家の人たちとも以前より会話ができるようになった。

手ごたえを感じていたところ、そろそろ外部の集まりに出てみようということになり、今日史輝が招待されたパーティーに同伴しているという訳だ。

華やかな会場に、着飾った人々は皆自信に溢れキラキラして見える。

そんな場に入っていくのは勇気が必要だが、史輝が寄り添いフォローしてくれているので、なんとか立っていられる。

（史輝くんの妻になったからには避けて通れない社交なんだから、早く慣れるように頑張らなくちゃ）

木藤社長と会話をしていると、いつの間にか周囲に人が集まっていた。

そんな中、華やかで目を引く女性が一歩進み出て木藤社長の隣に立った。

「私の娘です。どうぞお見知りおきください」

彼女は優雅に挨拶をすると、誇らしげな笑みを浮かべた。

（上品で綺麗な人……）

流石は社長令嬢だと感心する。

史輝は特に何も感じなかったのか、挨拶後はすぐに木藤社長との会話に戻った。新たに何人かが挨拶に来たので、しばらく終わらないだろう。

「史輝さんが結婚されたと知り大変驚きました。婚約者はいないと聞いていましたので」

彼女は立ち去らず、美紅に話しかけてきた。美紅は「はい」と微笑み答える。

「まだ内々での結婚披露しかしていないものですから、他の方にも驚かれました」

突然結婚が決まった経緯は、外向きには伏せている。

「本当に。ショックを受けた女性はどれほどいたでしょうか。実をいうと私もそのひとりです」

答え辛い内容のときは、微笑んで流す。そうすれば相手に気が進まない話題だと察してもらえるはずだった。

「京極家は昔から一族内で結婚をしてきたと聞きました。美紅さんもそうなんですか？」

彼女は気付かないのか、更に質問を続けようとする。

「ええ。分家の笛吹家の出身です」

黙っていてもすぐにばれることなので、正直に答えた。

「笛吹家と言うと、京極建設の……あら？　でもあの家の令嬢は百合華さんではなかったかしら？」

あまり聞きたくない名前が出て来て、少し気が重くなった。

先ほどから初対面にしては踏み込んだ質問が続いているし、そろそろ会話を終えたい。

（でも主催者の令嬢である彼女を蔑ろにはできないし）

「私は笛吹家当主の娘ではなく姪なんです」

内心溜息を吐きながら返事をする。

「ああ、百合華さんの従妹になるんですね。では美紅さんのお父様は？」

ドクンと心臓が不快に脈打った。躊躇っていると、史輝が素早く美紅の前に出る。

「失礼。知人に挨拶をするので、そろそろ妻を解放してもらいたい」

「あ……はい、引き留めてしまい申し訳ありません」

美紅には遠慮がなかった彼女だが、史輝にはそうはいかないようだ。

素直に引き下がり、こちらを気にする素振りを見せながらも、会場内を移動していった。

「大丈夫か？」

史輝が耳元で心配そうに囁いた。

「うん、大丈夫。父の話が出たから驚いてしまったんだけど、史輝くんがフォローしてくれたから」

「今日の主役の娘だから我慢していたが、無礼な女だ」

史輝は彼女の言動に苛立っているようだ。

「史輝くんの妻になった私がどんな人間か気になって仕方ないんだと思う」

「あれは知りたがっているというより、美紅の弱点を探しているんだ。次は最低限の対応だけでいい。問題になるようなら俺がフォローする」

「ありがとう。すごく心強い」

小声で話している間も、周りの視線が集まっているのを感じる。

「史輝さん、ご無沙汰しております」

今度は美紅より少し年上と思われる若い男性が近付いてきた。史輝とは顔見知りのようだ。

「ああ」

男性は史輝から美紅に視線を移した。一瞬だけれど品定めされているのを感じる。

「紹介がまだだったな。妻の美紅だ」

史輝が美紅の腰に手を回し、引き寄せながら言う。

ぴったり寄り添うような形になり、周囲がざわついたのが分かった。

「……本当に結婚したんですね。その様子だと夫婦関係は良好そうだ」

男性が驚いたように目を丸くする。

「そうだな。だから妙なことを考えるなよ」

史輝が警告するように声を低くした。突然の喧嘩腰な態度に美紅は驚き史輝を見上げる。

(史輝くんがこんなに警戒するなんて、この人と何かあったのかな?)

以前酷い喧嘩でもしたのだろうか。

はらはらしていると、男性が苦笑いをした。

「もちろんですよ。そんなに警戒されなくても、史輝さんの奥様に手を出すなんて命知らずの男はいません」

「え? 命知らずって?」

驚くあまりつい素が出てしまった。そんな美紅に男性がくすりと笑う。

「物騒なことを言って申し訳ありません。それだけ奥様が愛されているということです」

「え、あの……」

戸惑いながら史輝を見るが、彼は依然として警戒を緩めない。

「今日はこれで失礼します。後日改めてお伺いします」

「ああ」

史輝が鷹揚に頷くと、男性は離れていった。

けれど注目度は変わらない。いや、なんとなく視線が生ぬるい感じになった気がする。

居たたまれなさを感じていると、史輝が歩きだしたので、美紅もつられて足を進める。

広間から続いている中庭に出て、人気がないベンチを見つけて腰を下ろした。

「さっきの男性は知り合いなの？　史輝くんの言い方がキツかったから喧嘩になるかと思って心配していたけど、相手の方が気を悪くした様子はなかったから」

あの態度は、むしろ親しいからではないだろうか。

「ああ、驚かせてごめんな。あいつは海外留学で知り合った昔馴染みだ。俺より遅れて帰国して今は実家の冷凍食品会社を継いでいる」

「それなら友達？　どうしてあんな態度を？」

「悪いやつじゃないが、女癖が悪いんだ。美人に目がなくて、すぐに声をかけに行く。美紅を見る目が怪しかったから釘を差した」

史輝がさらりと言った言葉に、美紅は複雑な気持ちになった。

（私を見る目は、品定めみたいだったけど）

少なくとも好みの相手を見つけたときの顔では絶対になかった。

「注目されていたから、あの場にいた皆を牽制する意味もあった。美紅は俺が大切にしている妻で、無礼をしたら、俺が許さないと」

史輝の眼差しに甘さが宿る。

「う、嬉しいけど、史輝くんの威厳が損なわれてしまわないかな？」

「そんなのはどうでもいい。俺にとって大切なのは美紅の幸せだから」

史輝の手が伸びて、美紅の髪をそっと梳いた。

首筋に触れそうで触れないその動きに、美紅の心臓はドキドキと音を立てる。

「あ、あの、史輝くん？」

ふたりの間を流れる空気が、甘く濃くなっていく。

いつ人が来るか分からないこんなところで、妙な気分になってしまいそうだ。

「美紅……」

史輝が端整な顔を少し傾け近付けてきた。けれど唇が触れ合う直前にぴたりと止まる。

「口紅が落ちてしまうな」

「あ……」

史輝の言う通り、念入りに施したメイクが落ちた状態で戻ったらどう思われるか分からない。思い留まってくれてよかった。

それでも心は史輝との触れ合いを求めていたから、残念だと感じている。

(史輝くんはどう思ってるのかな)

少しはがっかりしているのだろうか。いや理性的な彼は、平然と気持ちを切り替えているだろう。

「そろそろ戻ろうか?」

このままここにいたら、期待を持ってしまいそうだ。

広間に戻った方が、今日の仕事に集中できる。

「そうだな……でもその前に」

史輝が不敵に笑い、美紅の肩を抱き寄せた。

「キスの代わりに美紅を堪能したい」

そう言ったと同時に、史輝の唇が首筋に触れた。

「あ……」

思わずびくりと体を震わす美紅を、史輝が逃げないように抱きしめる。

そのまま何度も熱い唇で首筋と鎖骨をなぞり、美紅はぞくぞくとするような感覚に震えながら史輝にしがみついた。

（こんなのキスよりも刺激が強いよ）

それでも彼の温もりが愛しくて抵抗する気にはならず、しばらくの間、抱きしめ合ったのだった。

その後広間に戻ると、歓談の時間が終わり木藤社長のスピーチの時間になった。

三十年の苦労と今後のビジョンを語った彼は、史輝にひとこと賜りたいと言い出した。突然のことなのに、史輝は戸惑いもなく壇上に上がった。

皆の前で堂々と語る彼には、人の上に立つ者のカリスマ性があり、誰もが目を奪われている。

美紅の前ではよく笑うし、冗談を言うこともあるけれど、皆の目にはクールで隙がない後継者なのだろう。

そんな特別な男性の妻が自分だと思うと、背筋が伸びる気がした。

(史輝くんの妻として自信を持てるように、もっと頑張ろう)

新たな決心と共に、美紅にとって初めての外部との社交が無事終わった。

迎えの車の後部座席に史輝と並んで座ると、ようやくほっとひと息つけた。

「美紅、よく頑張ったな。完璧だった」

史輝が大袈裟なくらい褒めてくれる。

「史輝くんがフォローしてくれたから……少しは皆さんに認めてもらえたかな」

「ああ。でも誰かに認めてもらう必要はない。美紅は俺が自分の意思で望んだ唯一の妻だ」

「……ありがとう」

美紅は史輝の肩に寄りかかるようにもたれた。

最近になって自分から彼に甘えることができるようになってきている。

史輝はそんな美紅の態度が嬉しいのか、上機嫌だ。

「疲れたのか?」

「少しだけ。こうやって史輝くんに寄りかかっていると気持ちがいい」

「眠かったら寝て大丈夫だぞ。着いたら俺が運ぶから」

「うん、ありがとう」

うとうとしていると、あっという間に屋敷に到着した。

「あ、着いたんだ」

「ああ。部屋まで抱いていこうか？」

史輝が少しふざけた口調で言う。美紅が恥ずかしがると分かっているのだ。

「自分で歩くから大丈夫」

本当に抱き上げられてしまいそうなので、運転手が開いてくれたドアから急ぎ降りようとする。

そのとき、ぐらりと視界が揺れて、立っていられなくなった。

「あ……」

体が傾き倒れそうになりぎゅっと目を瞑る。

「美紅！」

史輝の緊迫感のある声がしたと思ったら、お腹に腕を回し支えられた。

恐る恐る目を開くと、地面までの距離が近い。倒れ込むギリギリに史輝によって助けられたようだ。

「美紅、気分が悪いのか？」

「分からない、急に目眩《めまい》がして」

心配そうな史輝の声に、頭を押さえながら答える。

「目眩？」

低い声で呟くと史輝は美紅を抱き上げ、そのまま足早に玄関に向かう。

「お帰りなさいませ」

「すぐに医者を呼んでくれ」

出迎えにきた使用人にそう言うと、史輝は東館への階段を上がり、真っ直ぐ美紅の部屋に行く。

ベッドに直行されそうになり、美紅は慌てて彼を止めた。

「待って！　ベッドじゃなくてソファに下ろして」

史輝は納得できない様子ながらも、美紅の希望通りに居間のソファに下ろしてくれた。

「ありがとう……横になったら服がしわくちゃになるから」

「服なんてどうでもいい。大丈夫なのか？」

「うん。車から降りたときふらっとしたけど、今はもう平気だよ」

あれはなんだったのかと思うくらい、なんともない。

「お医者様に診てもらわなくて大丈夫そう」

「いや、念のために診てもらった方がいい。その方が俺も安心できる」

「史輝くんがそう言うなら……」

わざわざ来てもらうのは悪いと思ったけれど、夫にこれ以上心配をかけないように、大人しく受診することにした。

京極家のかかりつけ医は、驚くくらいすぐに駆けつけ美紅を診察してくれた。

「少し貧血がありそうです。おそらく疲れが出たのでしょう。食事に気を付けてゆっくり体を休めることで、回復します」

どうやら深刻な病気ではなかったようだ。診察結果にほっとする。

けれど史輝は医師が帰ったあとも、難しい顔をしたままだ。

「どうしたの？」

「美紅が体調を崩したのは俺のせいだ。無理をさせてしまったから」

「そんなことない！　史輝くんによくしてもらっているし。環境の変化で疲れていたのかもしれないけど、気付かなかった私が悪いのだし」

美紅は基本的には健康で、笛吹家で生活しているときも滅多に寝込むことがなかったので、自分の体力を過信しすぎてしまったのだろう。

「いや、もっと気に掛けるべきだった。しばらくは仕事を休んで体を治してくれ。栄養を取ってと言ってたな。あとでシェフに回復食を頼んでおく」

「あ、ありがとう」

少し大袈裟ではないだろうか。そう思うものの、使用人にてきぱき指示を出す史輝の邪魔をするのは申し訳なくて、口に出せない。

（それに、こんなに心配してくれるなんて嬉しい）

母が亡くなってから、美紅が風邪を引いたときに心配してくれた人なんていなかった。

病気を喜んではいけないけれど、大切にされていると実感してどうしても喜んでしまう。

「美紅、ちゃんとベッドで休め」

「あ、はい。お風呂に入ったらすぐに休むね」

史輝は今にも美紅を抱き上げてベッドに運びそうな勢いだが、さすがにパーティー帰りにシャワーなしは厳しい。

「分かった。体を冷やさないようにしないとな」

バスルームまでは一緒に入って来なかったが、休む準備をして寝室に入ると、同様にシャワーを終えた史輝がやって来た。

「……どうしたの？」

「美紅が眠るまで側にいる」

「え？」

史輝は美紅にベッドに入るように促すと、自分はベッド脇に椅子を引き腰を下ろした。

まるで入院患者と見舞いに来た家族のようだ。

「私は大丈夫だから部屋で休んで。ベッドで寝ないと史輝くんまで体調を崩しちゃうよ」

「美紅が眠るのを見届けたら部屋に戻るから大丈夫」

「でも……」

史輝が布団の上に出していた美紅の手をそっと掴み優しく包んだ。

「昔、美紅が言っていたのを思い出したんだ。具合が悪くて心細いときは誰か側にいて欲しいって」

美紅は僅かに目を瞠った。

確かにそんな話をしたことがある。

子供の頃、風邪を引いて学校を休んだ日があったが、母がどうしても仕事を休めず、ひとりで家で寝ていたのだ。

大したことがないただの夏風邪だったし母が早退して帰って来てくれたので、ひとりでいたのは短い時間だった。

それでも子供だった美紅は寂しくて、多分史輝に愚痴を言ったのだろう。

（そんなことまで覚えてくれていたんだ……）

彼とは沢山の話をした。特別だとも思えない話題まで彼の思い出にあるのだと思うと、とても温かな気持ちになった。

「いつか美紅と一緒に暮らすときのことを、何度も想像した。美紅が風邪を引いたら、側にいようと思った。寂しい思いをさせないように」

史輝の表情はとても穏やかだ。今この瞬間も、幸せな未来を思い描いているのだろうか。

美紅は感謝の気持ちを伝えたくて、史輝の手をぎゅっと握った。

「史輝くんが具合が悪いときは、私が側にいるから」

「ああ」

史輝が幸せそうに微笑む。

「こうしていると、昔のことを思いだすな」

「そうだね。あ、今、暖かかった日にふたりでお昼寝しちゃったのを思い出した。庭の奥で日向ぼっこをしている内に眠ってしまって、お母さんたちが探しに来て起こされて……」

「ああ、覚えてる。俺はあの後かなり怒られたんだよな。小さな女の子が一緒なんだから気をつけなさいって」

クスクス笑い合いながら思い出話に花を咲かす。

「あの頃は楽しかったね」

「ああ。でも今も幸せだ。こうして美紅がそばにいる」

「うん……私も幸せ」

温かくて心地よいひと時。いつの間にか眠りに落ちていて、気が付けば翌日の朝だった。


三日ほどゆっくり過ごし、日常生活に復帰した。

史輝との関係が深まり自信がついたからか、他のことも順調にこなせている。

令華と百合華が本家に近付かなくなったというのも大きい。

屋敷の管理は問題なくこなしているし、史輝と一緒に参加しなくてはならない集まりにも出席している。

空いた時間は、娯楽に使ってもいいし、自分で事業をはじめてもいいと言われているが、美紅はどちらもぴんと来なかった。

起業できるような知識なんてないし、娯楽を楽しむにしても、何をしていいか分からない。

だからひとまずスキルアップの時間に使うことにして、本を読んだり講師からレクチャーを受けたりして過ごすことにした。

史輝と結婚してから三カ月。

十月に入り夜は肌寒さを感じはじめた。

目眩を感じて診察を受けてから半月経つが、体調は良好だ。やっぱりあのときは、疲れていただけなんだろう。

ただ、史輝の過保護は収まる様子を見せないでいる。

最近になって気温が下がったせいかますます敏感になり、シェフに美紅の体によいものを作ってくれと注文を入れたくらいだった。

そんな史輝が、浮かない顔で美紅の隣に座っている。

夜寝る前の夫婦のひと時は、いつも穏やかで優しい空気が流れているというのに、今夜の彼は悩ましそうだ。

「なにか嫌なことでもあったの？」

心配になって聞いてみると、史輝は溜息を吐いた。

「そうとも言えるな。実は明後日から十日ほどイギリスに行くことになった」

「海外出張？　ずいぶん急なんだね」

美紅は会社勤めの経験はないが、海外に十日間もの出張なら、前もって予定が立てられてるものだと思っていた。

「出張には他の執行役員が行く予定だった。それが昨日虫垂炎で入院したんだ」

「ええ？　それは気の毒な……だから史輝くんが代理で？」

「そう。この時期に留守にしたくなかったが、他に対応できる人間がいないから仕方ない。美紅、毎日連絡するから、些細なこともすべて話して欲しい」

心配そうな史輝の顔をみていたら、気がついた。

史輝が出張を渋っているのは、美紅が心配だからなのではないだろうか。

「私は大丈夫。だから安心して仕事を頑張ってね」

「いや、大丈夫と言われると心配で仕事が手につかない。俺がベストを尽くせるように、美紅は絶対に遠慮しないで何でも話すと約束してくれ」

「うん……約束する。いつも気にかけてくれてありがとう」

夫の思い遣りが嬉しくて、美紅は史輝に体を寄せた。

すると史輝が美紅の肩を抱き寄せながら、悩まし気な声を出す。

「しばらく美紅に触れられないんだな」

「……寂しいと思ってくれてる？」

そうだったら嬉しいなと思いながら問うと、史輝は「当然だ」と言いながら美紅を抱きしめキスをした。

「今夜は朝まで一緒に過ごそうか」

甘い誘いに、胸がときめく。

「でも明日も仕事でしょう？」

「大丈夫。美紅を抱いた方が元気が出るから」

恥ずかしくなることをさらりと言い、様になるのが史輝だ。

彼は照れる美紅を抱き上げて、長い足を進めてベッドに向かう。

そっと下ろされ、組み敷かれると、ますます鼓動が早くなる。

史輝が顔を寄せてキスをする。彼は手を突き、美紅に自分の体重がかからないようにしてくれているが、今はその気遣いがもどかしかった。

彼の首の後ろに手を回し、ぐっと引き寄せる。するとお互いの胸が隙間なく重なった。

「重くないか？」

史輝が美紅の頬にキスをしながら、心配そうな声を出す。

「大丈夫。こうしてたいの」

彼の重みと温もりを感じるのは心地よい。ずっとこうしてくっついていたいくらい。

「そんなに可愛いことを言うと手加減してやれなくなるぞ？」

史輝が嬉しそうに囁きながら、肌を撫でるようにキスを続ける。

頬から少しずつ下りていき、彼の唇が首筋に触れる。

快感と期待で体が震えた。

「手加減しなくていいから」

史輝の目に喜びが浮かぶ。

「その言葉、取り消せないぞ」

「うん……大丈夫」

積極的な発言をするのはまだ恥ずかしいけれど、それ以上に彼に抱かれたい。

「愛してる」

熱の籠った言葉の直後、深く唇を塞がれた。

その夜は心ゆくまで抱き合った。


史輝がイギリス出張に出てから一週間が過ぎた。

彼は予告通り仕事の合間を縫って毎日連絡をして来てくれる。

美紅は毎日平穏に過ごしているので彼に相談するようなことはないのだけれど、ただおしゃべりするのがとても楽しくて心が弾む。

彼はイギリスの街並みや、食べたものを写真に撮って送ってくれた。

美紅はそれを見るのが楽しみになり、うきうきした気持ちで待っている。

「あれ？　美紅さんがスマホを弄っているのって珍しいですね」

部屋でスマホと睨めっこしていると、休憩中の紗希子がやって来た。

クッキーとチョコレートが載った皿を手にしているから、おやつの誘いだろう。

美紅は彼女のために、ソファの端により席を空ける。

「写真を撮って史輝くんに送ろうと思って、いろいろ調べてたの」

美紅は結婚するまでスマホを持っていなかった。

特に必要がないから購入しなかったのだが、史輝との連絡用に渡された。史輝と色違いの最新機種。スマホが欲しいと思ったことはなかったけれど、とても嬉しかった。

と言っても、史輝との連絡用に使っているだけで、充実した機能を全く使いこなしていなかった。

「加工して送りたいんだけど、やり方がよく分からなくて」

同年代の人が聞いたらあり得ないと思われそうだが、紗希子は決して美紅に偏見を持たないし、馬鹿にしたりはしないから素直に言える。

「それならいいアプリがありますよー」

「本当？　教えて欲しいな」

チョコレートを食べながらアプリを入れて、史輝が送ってくれた写真を加工してみる。

いろいろ試していると紗希子の休憩時間が終わったため、美紅も一緒に部屋から出た。

「どこに行くんですか？」

「庭で写真を撮ろうと思って。四時に来客があるから、その三十分前には戻るね」

「はい」

美紅は東棟の裏口から外に出て中庭に向かう。個人宅とは思えないほど広い庭には多くの樹が植えてあり、幼い頃は森のようだと思った。

「鳥がいたらいいんだけど……」

史輝と初めて会ったとき、彼が鳥を見せてくれたから、それ以来美紅は鳥に興味を持った。

笛吹家を出るときに持ってきた数少ない荷物の中には、綺麗な鳥の写真集があるくらいだ。

うろうろしていると、頭上に羽音が聞こえたので、スマホを向ける。

「……ああ、上手く撮れないなあ」

木の枝や葉が邪魔をして、はっきり見えない。

そんな風に夢中になっていると、屋敷の方から声が聞こえてきた。

「美紅様」

「川田さん？　どうしたんですか？」

いつも美紅をフォローしてくれる頼りになる彼女だが、自由時間には美紅から呼ばない限り近付いてこない。気を遣ってくれているのだろうが、そんな彼女がわざわざ庭まで追いかけてくるのは急ぎの要件があるからだろう。

「つい先ほど笛吹家の令華様から電話で連絡がありました。急ぎ美紅様と連絡を取りたいとのことです」

「そうなんですか？　今待ってもらっているところですか？」

「折り返しをするとお伝えし、なんとか通話を終えましたが、かなりお怒りのご様子でした」

川田にしては珍しく疲労が滲む表情だ。多分令華から文句を言われたのだろう。

「分かりました。すぐに戻って令華伯母様に連絡します」

「ありがとうございます」

ふたり揃って屋敷に向かう。

「お写真を撮られていたのですか？」

令華からの電話の用件が気になり無言になっていると、隣を歩く川田の声がした。

「あ……はい。鳥の写真が撮りたくて。昔遊びに来たとき庭に鳥が巣を作っていたのを見たんです」

川田が頷いた。

「史輝様と御覧になられたのですよね。覚えています」

「はい。そう言えば川田さんはその頃から働いてたそうですね」

「美紅様の前に出たことはありませんが、史輝様と過ごしている様子を何度かお見かけしました。ふたり共とても楽しそうでしたね」

「幼い頃の大切な思い出です。あの頃の史輝くんはすごく年上に感じて、自分に兄ができたようで嬉しかったんです」

懐かしく思い出していると、川田の顔が綻んだ。

「史輝様も妹ができたようだと仰っていましたよ。ひとりっ子なので嬉しかったのでしょう」

「本当ですか？　でも、百合華さんも本家には出入りされていたのでは？」

妹と言うのなら従妹の百合華の方が相応しい気がする。

「百合華様が本家に出入りするようになったのは、奥様が亡くなられてからです。ですから従兄妹と言っても、幼い頃は交流がありませんでした」

川田が僅かに顔を曇らせた。

「そうなんですか？　でもどうしてなんでしょうか？」

「令華様の意向ではないでしょうか。奥様がいらっしゃった頃は、令華様も本家に立ち寄りませんでしたから」

「そうですか……」

（史輝くんのお母様と令華伯母様は仲が悪かったからかな）

考え込んでいると、いつの間にか屋敷に着いていた。

「昔の史輝くんの話をしてくれてありがとうございました。今から令華伯母様に連絡しますね」

「はい、お願いいたします」

川田は綺麗な礼をすると、美紅とは反対方向に歩いて行った。

令華からの電話は、美紅に笛吹家への訪問を促すものだった。

通常は嫁いでから三カ月以内に里帰りをするものなのに、美紅は一向に帰らないのはどういう了見だと責められた。

川田に聞いたら、だいたいは一カ月以内に里帰りをしているとのことなので、翌日の昼過ぎに川田が用意してくれた手土産と、返しそびれていた伯父の旅行鞄を持って、笛吹家を訪問した。

「ようやく来たのね」

待ち構えていた令華は、美紅の顔を見ると顔をしかめた。

（私の顔を見るのが嫌なのに、どうして呼び出したのかな）

離れていた方が、お互いの精神衛生上よさそうなのに。

なるべく早めに切り上げて、帰った方がよさそうだ。

通された客間には、伯父が待っていた。今日は百合華の姿が見当たらない。

揉めた日以降、百合華の噂は全く聞かなくなっていた。

本家の出入りを禁止されているため、分家の女性たちとの食事会にも参加しないから、今どうしているのか分からない。

（あまり思い詰めてなければいいけど）

百合華には散々嫌がらせをされて来て、本音を言えば二度と関わりたくないくらいだけれど、不幸になって欲しいとまでは思わない。

「美紅、よく来たな」

伯父は思っていたよりも好意的に美紅を迎えてくれた。

「伯父様、ご無沙汰しております。なかなか挨拶に来られず申し訳ありません」

「いや、構わない。それにしても美紅も大分しっかりしてきたな。本家に嫁いだだけはある」

伯父は妙に機嫌がよくて、美紅は戸惑いながら相槌を打つ。

「恐縮です」

しばらくは当たり障りのない会話が続いた。

上機嫌な伯父に比べて令華の表情は硬いけれど、口を挟んだり場の雰囲気を壊すような発言はしないから、かなり警戒していた美紅としては拍子抜けだった。

一時間が過ぎたので、そろそろお暇しようかと思ったとき、伯父の雰囲気が少し変わった。

「実は史輝くんが伊勢《いせ》の別荘を手放すと聞いたんだが」

「はい」

美紅は警戒しながら頷いた。

伊勢にある別荘は、史輝の祖母が購入し史輝が相続したものだが、一度も訪れることがなかったそうだ。

優美で立派なお屋敷だそうで、建物自体の価値も高いが、今回手放すことにした。

その売買に美紅は関わっていないけれど、史輝から話だけは聞いている。

と言うより、元々史輝は美紅に別荘を贈るつもりでいたらしい。

でも美紅が受け取っても手に余り困ってしまうため、有効に利用してくれる人に売ろうという話になったのが売却に至った経緯だ。

「その別荘、我々に譲ってくれないか？」

「……笛吹家として購入したいのでしたら、夫と直接交渉してもらえますか？　私には何の権限もないので」

思いがけない申し出に、美紅は戸惑いながら答えた。

「それは分かっているが、お前は史輝くんの妻なのだから口添えくらいできるだろう。私はお前の親代わりなのだから、それを考慮した上で譲ってもらいたい」

（安く売れってことかな？）

美紅に里帰りを促したのは、そのためなのだろうか。

そうは言っても、美紅の口添えが、役に立つとは思えない。

黙っていると令華が不機嫌そうな声を出した。

「あの別荘は元々私のものになるはずだったのよ。母の遺言で史輝のものになったのだけれど、何かの間違いとしか思えないわ」

「……そうなんですか」

つまり本来の持ち主である令華に返せと、言いたいのだろうか。

「この場ですぐにお返事はできませんので、夫と相談してから改めてご連絡いたします」

「そう、急いでね」

「はい。ではそろそろ失礼いたします」

話が途切れたタイミングで美紅は席を立った。

「うちの車で送った方がいいかしら」

「いえ、お気遣いなく。帰りに寄りたいところがありますので」

客間を出て玄関に向かう。

一応見送りはしてくれるつもりなのか、伯父たちが後からついてきた。

そのとき突然目の前がぐにゃりと歪んだ。

(……え?)

体が傾くのが分かったが、急速に目の前が暗くなる。

「美紅?」

背後から、伯父の声が聞こえたが、振り返る余裕がない。

意識が遠のき、ぷつりと途切れた。

気が付くと仰向けに寝かされていた。

まず視界に入った天井には見覚えがなく、視線を巡らすと、先ほどの客間に布団を敷いて寝かされているのだと分かった。

(急に目眩がして……その後の記憶がない)

倒れてしまった美紅を、誰かがここまで運び寝かせてくれたのだろうか。

意識がなくなるなんて、初めてだ。

まだ頭がぼんやりしている気がするが、ゆっくり体を起こす。

そのとき、着ていたブラウスのボタンが途中まで外れていることに気が付き、動揺した。窮屈だろうと、善意で外してくれたのかもしれないが、ここが笛吹家だと思うと不安が増した。

(笛吹家で具合が悪くなるなんて、タイミングが悪すぎる)

憂鬱な気持ちでボタンを留めていると、突然引き戸がからりと勢いよく開いた。

「あっ、目が覚めたんだ！」

引き戸を開けたのは、銀のフレームの眼鏡をかけた若い男性だった。

見覚えのない相手だが、妙に慣れた様子でいる。

「あ、あの、あなたは？」

こんな状態だから、知らない男性に対していつもよりも警戒してしまう。

しかし男性は、美紅の戸惑いに気付かないのか遠慮なく近付いてくる。

「俺？　百合華の知り合い」

「百合華さんの？」

彼女が家に男性の知人を連れて来るのはかなり珍しい。

これまでは令華の目を気にして、女友達くらいしか招待したことはなかったのに。

それに男性が美紅を見る目に、含みがある気がする。初対面の相手に対するには馴れ馴れしい言動なのも気になる。

「何をしているの？」

聞き覚えがある声がしたと思ったのと同時に、百合華が部屋に入ってきた。

彼女は美紅に目を遣ると、馬鹿にしたように、にやりと笑った。

「ああ、やっと目が覚めたのね。気分はどうなの？」

「……大丈夫です。ご迷惑をかけてしまい申し訳ありません」

「本当よ。健康管理くらいちゃんとしなさいよ……ああ、紹介してなかったわね。彼は私の同僚よ」

百合華が男性にちらりと視線を向けてから言った。

「同僚ということは、京極建設の？」

「そうよ。でも外部だけどね」

外部と言うのは、京極一族ではないということだ。

彼に少し怪しさを感じていたのだけれど、本当に偶然居あわせただけなのかもしれない。

「彼と一緒に帰って来たら美紅が倒れたって騒いでいるところだったのよ」

「あの、伯父様たちはどちらに？」

「用があるみたいで外出したわ。だから私が美紅の面倒をみてたのよ。そうそう、倒れていた美紅を、ここまで運んでくれたのは彼なのよ。ちゃんとお礼を言ってね」

「……そうなんですね」

意識がないときに知らない男性に運ばれたのだと思うと、憂鬱になった。

失礼だとは分かっているが、嫌だと思ってしまった。

（ボタンを外したのもこの人なのかな）

助けてくれたのに、こんな風に思ってはいけないけれど、放っておいてくれた方がよかったのに。

そんなことを考えながら、美紅はふたりに頭を下げた。

「助けてくださったことに感謝します。今日はこれで失礼しますが、後日改めて御礼に伺いますので」

「あら、そんなに気にしなくていいのに」

百合華はなぜか、不気味に感じるくらい上機嫌だ。

(この前会ったときは、私のことが大嫌いだって気持ちを隠そうともせず、イライラしていたのに)

どうしてこんなに態度が変わったのだろう。

「気にしなくていいよ。君は軽かったから全然大変じゃなかったし」

眼鏡の男性の方は、第一印象通り軽い態度で、百合華が親しくする相手とはどうしても思えない。

少なくとも、令華が嫌うタイプだ。

(令華伯母様は、どうして彼の出入りを許しているの?)

違和感がある。神経質になっているのか、嫌な予感がこみ上げた。

どちらにしても、一刻も早くこの場から離れたくて、美紅は逃げるように笛吹家を飛び出した。

帰宅してからも、気分は沈んだままだった。

体調が急に悪化するなんて予想はできなかったけれど、迂闊な行動だったのかもしれないと後悔が押し寄せる。

(令華伯母様の要求に従うにしても、誰かついて来てもらえばよかったのかな)

こんな後味が悪い気分になるなんて。

落ち込んでいると、スマートフォンが鳴りだした。

史輝からだ。

「はい」

《美紅、今大丈夫か？》

「はい。史輝くんは休憩中？」

《ああ。今日は取引先の海外拠点を視察することになってる。出発まで一時間あるからゆっくり話せる》

史輝は今日も元気そうなのでほっとした。

昨夜のディナーの話や、イギリスに来て知り合った陽気な現地職員の話などを聞き、十分ほど会話を楽しんでいると、史輝が急に静かになった。

「史輝くん？」

一体どうしたのだろう。

《美紅、何かあったのか？　今日は元気がない気がする》

史輝の鋭さにどきりとした。

憂鬱な気持ちは出さないようにしていたのに、顔も見ていない状況で気付かれるなんて。

それだけ美紅のことを考えてくれているということだろうか。

「……実は今日笛吹家を訪ねたの」

《どうして？》

史輝は驚いたようだった。

「昨日の午後に令華伯母様から連絡があって、顔を見せに来なさいと言われて。嫁いでから三カ月経って里帰りしないのは常識がないと怒ってたの。不義理にしていたのはたしかだから、今日顔を出してきたんだけど」

時差の関係で電話をするのがだいたいお昼くらいになるため、昨日の令華からの連絡はまだ話せていなかった。

史輝にとっては初めて聞く話だ。一瞬沈黙が訪れる。

《都合がいいところだけ常識を持ち出すとはな。それで大丈夫だったのか？》

「用件は伊勢の別荘を譲って欲しいという話だったから、里帰りと言うのは口実だと思う」

あの人たちが美紅の様子を気にする訳がないのだ。

《そんなことで……言いやすい美紅を狙ったんだな》

史輝は呆れたような声を出す。

《分かった。その件は俺の方で対応しておく、他はないか？》

続いた問いに、美紅は口ごもる。

（……言い辛い）

かなりの憂鬱さに溜息を吐きそうになりながら、切り出した。

「笛吹家で具合が悪くなってしまって、少し休んだの」

《体調が？　どんなふうに？》

史輝が声を大きくする。

「ひどい目眩がして。多分貧血だと思うんだけど」

《少し前にも体調を崩したことがあったな。よくなったと思ってたが……》

「私もそう思っていて、実際あれからは調子がよかったんだけど……昔はこんなに弱くなかったから、自分でも戸惑っていて」

《医者には診せたのか？》

「ううん、もうよくなったので。念の為今日はゆっくり休むね」

あの時も、睡眠時間を増やしたら、すぐによくなった。今回もきっと大丈夫だろう。

《いや、ちゃんと診察を受けてくれ。川田に言えばかかりつけ医が来るようになっているから》

「うん。史輝くんがそう言うのなら」

《ああ。何でもないならそれが一番なんだから、きちんと確認して欲しい。美紅が心配なんだ》

史輝の声から労りを感じる。

「史輝くんありがとう。出張中に心配をかけてごめんなさい」

《俺のことは気にするな。美紅が隠さず話してくれることで安心しているんだ》

史輝の優しい声音に、胸がずきりと痛んだ。

彼はそう言うけれど、美紅を運んだという男性のことは黙ったままなのだ。

（でも、言えない）

言えば絶対に心配をかけてしまう。簡単に帰って来られない場所にいる史輝に、これ以上余計な負担をかけたくない。

（もし話すにしても、戻って来てからでいいよね）

美紅が過剰に反応しているだけで、偶然居合わせた百合華の同僚に過ぎないのだから。

神経質に警戒しすぎで、あの男性に対して失礼なくらいだ。

結局史輝には話さないで通話を終えた。

(これでいいんだよね)

そう自分に言い聞かせたものの、胸の奥に何かがつかえているような、すっきりしない気持ちがその後もしばらく付きまとった。


体調を崩してから二日後。美紅は前々から予定していた前田家の次女の婚約祝いの会に出席した。

前田家の夫人とは、以前の交流会で同テーブルになり、友好的になれた相手だから、ぜひお祝いを伝えたい。

ただ二日前に笛吹家で倒れたばかりなので、念のために紗希子に同行してもらうことにした。

「美紅さん、まだ体調が心配でしょう？　今日は欠席してもいいんじゃないですか？　前田家の方なら分かってくれますよ。あの家は史輝さんと親しいので気を悪くすることはないです」

「でも、この前とても親切にしてくれた人だから、お祝いをしたいと思って。顔を出したらすぐに帰るようにするから。付き合ってもらう紗希子さんには申し訳ないんだけど」

「私のことはいいんですよ。ただ美紅さんのことが心配で……倒れるのはこれで二回目だし、早く検査をするべきです」

紗希子が顔を曇らせる。

「今日帰って来たら先生に診てもらうことになってるから、大丈夫だよ」

「分かりました。でも様子がおかしいと感じたら、強引に連れ帰りますよ」

「うん。よろしくお願いします」

まるでお母さんのように厳しい口調で言う紗希子に、美紅は微笑みながら頷いた。

「美紅さん、来てくれてありがとう」

「前田夫人、お嬢様のご婚約おめでとうございます」

「ありがとうございます。娘は京極とは無関係の一般家庭の男性に嫁ぐのでこのようなささやかなお披露目になりましたが、どうかゆっくりして行ってくださいね」

「はい。お嬢様に直接お祝いを伝えたいのですが、今どちらに？」

「はい、向こうにいますよ」

前田夫人が示した先には、白いワンピース姿の美紅と同年代の女性がいた。

隣には優しそうな男性が寄り添っており、その隣に高校生くらいの女性がいる。

彼女は先日の交流会に母親に連れられてきていた女性だと気がついた。多分今日の主役の妹だ。

(この前は全然話せなかったけど、今日は仲良くできるかな)

紗希子が言うには史輝が親しくしている家族だそうだから、美紅も良好な関係を築きたい。

前田家の姉妹は、とても感じがよく美紅の祝福を喜んでくれた。

挨拶を終えて、挨拶待ちの人たちの邪魔にならないように部屋の隅に移動する。

「前田家の令嬢は人間ができていますね、付き添いの私への態度でよく分かりました」

紗希子がそっと耳打ちした。

「うん。誰に対しても分け隔てなく接する人みたい。お姉さんは社交的で妹さんの方は人見知りだったね」

「美紅さんの分析、かなり当たってると思います。この家とはよい付き合いができそうですね」

「そうだね。帰ったら史輝くんに報告しようかな」

「それがいいです。ではそろそろ帰りましょうか。主催者への挨拶は済んだので、美紅さんは帰ってお医者様に診てもらわないと」

紗希子の言葉に、美紅は頷いた。先日倒れたことが嘘のように体調良好だけれど、用心した方がいいだろう。

「前田夫人に声をかけてくるね。突然帰ったら失礼になるから」

「そうですね」

紗希子と共に主役たちを見守るように壁際にいる前田夫人のところに移動しようとしたときだった。

「美紅！」

突然甲高い声で美紅の名前が呼ばれた。

驚いて声の方に目を遣ると、そこには華やかに着飾った百合華の姿があった。

彼女も招待を受けて来ただろうに主役には目もくれずに真っ直ぐ美紅に近付いてくる。紗希子が警戒したように、美紅の隣に立った。

百合華が、美紅の目の前で立ち止まる。

「百合華さん、何か御用ですか？」

「ええ」

百合華は何か楽しいことでもあったかのように笑っているのに、美紅に対する敵意のようなものを感じる。

紗希子もそれに気付いたのか、険しい表情だ。

「今日は皆さんに知らせたいことがあって参りました！」

美紅に含みを感じる視線を向けていた百合華が、突然くるりと振り返り、部屋にいる人全員に向けるように声を高くした。

騒めきが広がるのと同時に、百合華が注目の的になる。

（一体、何をする気なの？）

嫌な予感がこみ上げる。

「私はここにいる美紅が不倫している事実を掴みました。史輝さんと結婚しているのに、不倫だなんて……許されない行為です。どうしても見て見ぬふりができないと思い、勇気を持って告発しました！」

話している内に興奮が高まったのか、最後は舞台俳優が演技をしているような大きな声での告白だった。

それまでの和やかなお祝いムードが一変、部屋には騒めきと緊張が走る。

「不倫？　嘘でしょう？」

「でも彼女よりも百合華さんの方が信用できるわ」

あちこちから、困惑と嫌悪を含んだ声が聞こえてくる。

美紅は茫然としてしまい、百合華の背中を見つめることしかできない。

百合華は再び美紅に向き合い、大きな目を楽し気にすっと細めた。

「美紅、反論しないということは事実だと認めるのね？」

その言葉にはっとして美紅は急ぎ口を開いた。

「認めません！　私は不倫なんてしていません。百合華さん、どうしてそんな嘘を言うんですか？」

驚愕のあまりすぐに反論の声が出なかったが、百合華の行動は許せないものだ。

美紅の名誉を棄損しただけではなく、幸せな婚約祝いの場をめちゃくちゃにしたのだから。

（どうしてこんなことを！）

前田家の人たちへの申し訳なさと、百合華への怒りで体が震える。

しかし百合華は、余裕の表情でパーティー用のコンパクトなバッグから何かを取り出した。

「これを見ても嘘だといえるかしら？」

それは大きく印刷された写真だった。百合華は他の人たちにも見えるように、写真を掲げる。

美紅は大きく目を見開いた。さっと血の気が引いていく。

写真に写っているのは、はだけたブラウス姿で横たわる美紅と、覆いかぶさるようにしてる男性だった。その男性は先日笛吹家で会った、百合華の同僚だ。

決して不倫などではない。けれど写真だけ見ると、疑わしい状況に写っている。

（百合華さんに仕組まれたんだ……）

あの時感じた違和感と不快感は、彼らの企みを感じ取ったからだろうか。

「美紅さん」

茫然とする美紅の腕を、紗希子が支えて心配そうに声をかけた。

「紗希子さん……あれは違うの。私は史輝くんを裏切るようなことはしていない」

「もちろん分かってます。でもここは一度離れましょう。今反論しても泥沼になるだけだし、前田家をこれ以上巻き込まない方がいいです」

「……うん」

紗希子は百合華を鋭い目で睨みつけると、美紅の手を引き出口に向かう。

誰も止める者はなく、視線は冷ややかだ。

美紅は落胆しながら京極家の車に乗り込んだ。


「大変なことになりましたね。すぐに対策しないと」

車に乗ってから無言で何か考えこんでいた紗希子が、しばらくすると口を開いた。

「対策？……でも何をしても取り返しがつかない気がする。あの写真は鮮明だったし、大勢の人が見てしまったもの」

ショックで頭が上手く回らない。

仕組んでまで他人を陥れようとする悪意が、恐ろしい。

（百合華さんがこれほど酷いことをするなんて、思わなかった）

これは今までの嫌がらせとは全く違う。

「冤罪なんですよね。だったら何か方法があるはず」

「でもあの写真は加工したものじゃないと思う。笛吹家で具合が悪くなって、少しの間眠ってしまっていたんだけど、目が覚めたときには服がはだけていたの。楽になるように緩めてくれたのかと思ったけど……」

あれは不倫現場を演出するためのものだった。

そんな陳腐な偽造なのに、写真は非常に上手く映っていた。

「あの男性は誰なんですか？」

「百合華さんの同僚だって言ってたわ」

「となると京極建設の社員ですよね。百合華さんに命令されたってこと？」

紗希子が不快そうに顔をしかめる。

「命令されていたのかは分からない。私が見た限りでは百合華さんに対して遠慮している様子は一切なかったから」

「そうなると親しい関係？　調べてみた方がいいですね。なんにしろ美紅さんを陥れようとしたのだから、史輝さんが制裁しますよ。帰ったらすぐに報告しましょう」

「でも、史輝くんに話すのが怖い……きっと呆れられるよね。こんなことになるなら、初めから全部話しておけばよかった」

彼に失望されるのが怖くて、隠し事をしてしまった。悪気はなかったけれど、この状況では信じてもらえなくてもおかしくない。

「史輝さんは怒るでしょうが、それは百合華様にだと思いますよ。心配なのは分かりますけど、今話さなかったらどんどん事態が悪化します」

「うん……そうだよね」

紗希子の言う通りだ。もう絶対に間違いは犯せない。不安でも伝えなくては。

重い気持ちで帰宅すると、医師が待っていた。

「お待たせしてしまい申し訳ありません」

「いえ、時間通りです。こちらが早く来すぎてしまいました。また目眩がしたと伺いましたが」

「はい。前回よりも酷くて、少し意識を失ってしまいました」

美紅の私室の居間で、医師の問診を受ける。いくつか質問に答えてから、検査をすることになった。

簡単な検査をして結果を見て、場合によっては病院まで行き、詳しい検査を受ける必要があるそうだ。

けれど、医師は思いもしなかった結果を告げた。

「妊娠されています」

「……え？　妊娠、ですか？」

「はい。七週というところです。おめでとうございます」

「あ、ありがとうございます」

美紅は自分の全く膨らみのない薄い腹部に手を添えた。

ここに新しい命が宿っているなんて信じられない。

「体調が優れないのは妊娠が原因ですね。病気ではないので治療は必要ありませんが、日々の生活で注意する必要があります」

「ここに赤ちゃんがいるなんて……」

美紅は呆然と呟いた。

結婚してまだ半年も経っていない。避妊はしていないとはいえ、こんなに早く子供に恵まれるとは、思ってもいなかった。

それでもじわじわと喜びがこみ上げてくる。

（私が母親になるなんてまだ信じられないけど、嬉しい）

大好きな史輝との子供がいる。そう思うだけでまだ見ぬ我が子への愛しさがこみ上げてくるようだ。

「近い内に来院頂けますか？」

「はい。分かりました」

医師が帰り部屋にひとりになると、すぐに紗希子がやって来た。

「美紅さん、大丈夫ですか？　先生は問題ないと仰っていましたけど」

「うん。しばらくの間ゆっくりしなさいって」

どうやら医師は妊娠については話さなかったらしい。

デリケートな問題なので、気を遣ってくれているのだろう。

「……本当に病気じゃないんですよね？」

「大丈夫。本当に悪いところはなかったよ」

美紅は申し訳ない気持ちになりながらも、妊娠については言わなかった。

もちろん紗希子のことは信用しているけれど、一番に史輝に伝えたい。

けれどその前に、不倫疑惑について伝えなくてはならないが。

（史輝くんは信じてくれるのかな……）

彼を信じているけれど、不安で電話をする勇気が出ない。

「美紅さん、史輝様に電話しますよね？　私は出ていますから終わったら呼んでください。今後について相談しましょう」

「あ……うん。ありがとう」

美紅は紗希子が出ていくと、溜息を吐いた。

やはり電話をする勇気が出て来なかった。

結局美紅が史輝に連絡したのは、翌日になってからだった。

覚悟を決めたはずなのに、緊張と不安で心臓が苦しいくらいドキドキしている。

けれど、お腹の中の子供は今この瞬間も成長しているのだ。

不安に負けて逃げ出さずになんとしても乗り切らなくては。

仕事中で出られないかもしれないと心配だったが、史輝はすぐに応答してくれた。

《はい》

「史輝くん、今大丈夫？　急いで報告したいことがあって……私大変な問題を起こしてしまったの」

《え？　……どうした、何があったんだ？》

彼は美紅の第一声に驚いていたが、問題が発生したと察したのか、質問よりも美紅の話を聞くことを優先してくれた。

途中、怒っている気配を感じたものの口を挟まず、美紅が話し終えると、迷いない口調で言った。

《美紅、大丈夫だ。その問題は俺が対応するから、美紅は何も心配しなくていい。ただ俺が帰国するまでは、外出したり誰かに会ったりはしないでくれ》

「でもすごい騒ぎで、多分直ぐに噂が回ると思う」

《俺に考えがある、大丈夫だから信用して欲しい》

「……うん、分かった」

彼の冷静で力強い言葉に、胸に渦巻いていた不安が晴れていく。

「史輝くん、私、迷惑をかけてばかりでごめんなさい」

《謝らなくていい。どう考えても美紅のせいじゃないだろ？　悪いのは卑劣な真似をする百合華だ》

「でも、さっき怒ってたでしょ？」

きつい言葉を言われた訳ではないが、雰囲気で感じるものだ。

《それは美紅に対してではなく、百合華と共犯の男への怒りだ。どういうつもりかは知らないが許しがたい》

史輝は低い声を出した。自分に言われているのではないと分かっていても、すごみを感じて怖い。

《不安で心細いと思うが、もう少しだけ頑張ってくれ。なるべく早く帰るから》

「ありがとう。私、史輝くんが信じてくれたことが本当に嬉しい」

彼は美紅を少しも疑ったりしなかった。そのことにどれほど救われたか。

《当たり前だろ？　俺たちは夫婦なんだから。なにがあっても俺は美紅を信じるし、味方でいる。だから元気を出してくれ》

史輝の優しく愛情を感じる言葉で、傷ついていた心が癒され温かくなるようだ。
「私も史輝くんを信じてる。帰ってくるのを待ってるから」
《ああ》
優しく穏やかなひと時に安らぎを感じる。史輝も同じ気持ちでいるような気がした。
《他には変わったことはないか？》
「あ……」
《どうした？》
「あるんだけど、それは史輝くんが帰って来てから直接言いたいな」
《大丈夫なのか？》
史輝が心配そうに言う。
「大丈夫。嬉しいことだから」
《そうか。聞くのが楽しみだ》
電話ごしでもほっとしたような空気が伝わってくる。
《美紅は間違ったことはしてないんだ。それはいずれ証明されるから》
「そうだね。私は後ろめたいことなんてしていない。堂々としているね」
《その意気だ》

史輝に励ましてもらったからか、心が強くなる気がした。

かけた時の不安が嘘のように穏やかな気持ちで通話を終えたのだった。

前田家から帰宅したときの絶望的な心境から抜け出し、大分落ち着きが戻ってきた。

史輝が帰ってくるまではこれ以上の問題を避けたいので、紗希子たちには、当分部屋で過ごすと伝えて引きこもる。

状況の好転に繋がるヒントがないかと、百合華の行動について考えていたが、新たな発見はなく行き詰ってしまった。

他に今出来そうなことはないため、スマホで妊娠生活についての勉強をした。

これまで赤ちゃんと触れ合う経験がない美紅にとって、子育ては未知の領域だ。

「こんなに頻繁に健診があるんだ……揃えるものも沢山ある」

思いついたものをメモに記入していく。

「男の子かなそれとも女の子かな……どちらでも史輝くんに似るといいなあ」

まだお腹が膨らんでもいないのに、家族が増えて幸せに過ごす光景が思い浮かぶ。

(史輝くんはどんなお父さんになるんだろう)

厳しいような気もするし、優しいような気もする。

美紅は生まれた時から父親がいないから、家庭内での父親の様子は、人に聞いた話やテレビで見たイメージしかない。

（私はよいお母さんになれるのかな）

母親は優しくてときどきは怒って怖くて……幼い頃は、ただ母と一緒にいられるだけでうれしかった。

「……私はこの子が大きくなるまで絶対に死なない」

無意識にそんな言葉が零れていた。

（お母さん……）

無性に悲しくなって涙が零れた。

よい母親になれるかは分からいけれど、赤ちゃんが大きくなって独り立ちするまでは絶対に側にいよう。

だって自分が母親に一番望んでいたのは、それなのだから。

もっと側にいて欲しかった。ひとりにしないで欲しかった。

母との暮らしは、幸せに溢れていた。

（それなのにお母さんはどうして笛吹家に戻ろうとしたんだろう）

笛吹家のように贅沢をするお金がなくても、母と暮らせるだけで幸せだったのに。

令華が危険な人だと分からなかったはずがない。

実家を出たのだって令華との関係悪化の可能性が高いのに、なぜわざわざ関わろうとしたのか。

（お父さんのところに戻りたいって思うなら、まだ分かるけれど）

子供の頃、母に父親のことを聞いたことがある。

亡くなったと言われその時は信じていたけれど、本当なのだろうか。

美紅は戸籍上も父親不在だ。

母は妊娠が発覚したときに、父に捨てられたのかもしれない。

（それなのに、私を大切に育ててくれた）

本当に優しい人だった。

思いがけない妊娠を告げられたからか、心の奥に秘めていた感情が溢れて来て悲しくなってしまう。

かなり情緒不安定だ。

そんなふうにベッドに横になりあれこれ考えていると、寝室のドアを叩く音がした。

美紅は少し驚きながら、体を起こす。

今日は休むと伝えてあるのに声をかけてきたということは、おそらく急用だ。

「はい、どうぞ」

声をかけると扉が開き紗希子が部屋に入ってきた。

彼女の顔には緊張感が滲んでいて、ただ事ではないのだとひと目でわかる。

「紗希子さん、どうしたの？」

「美紅さん、旦那様がお呼びです」

美紅は目を瞠る。

「お義父様が？」

これまで義父が直接美紅に何かを言ってくることは、一度もなかった。

伝えることがあるとしても史輝か川田経由で、嫁いで来てから顔を合わせたのもほんの数回。

それなのに、急な呼び出しをされたということは、かなりの緊急事態ということだ。

「もしかして、令華伯母様が来ているの？」

はっと思いついて紗希子に訪ねると、彼女は浮かない表情で頷いた。

「はい。旦那様のところにいらっしゃっているようです。かなり揉めていたようで、川田さんも困っていました」

「……多分、私のことを言いに来たんだわ」

それ以外に考えられない。

(行動があまりに早い)

美紅は唇を噛み締めた。

おそらく令華は、百合華の動きを知っていたのだろう。

だからすぐに動くことができた。美紅が手を打つ暇を与えないかのように。

既に義父に対して、美紅が不利になる話をしている可能性が高い。

(お義父様は、令華伯母様の話を信じて腹を立てているのかな)

考えると気が重い。それでも義父からの呼び出しを無視はできない。

「……すぐに行きます」

「はい。でもその前に急いでメイクを直しましょう」

紗希子に促されてドレッサーの前に腰を下ろす。

鏡に映る自分の顔を見て驚いた。

泣いたせいでメイクが落ちてしまっているし、目が充血して腫れている。

「酷い顔……」

「美紅さん、きっと大丈夫です。旦那様も史輝さんが不在の間に、重大な決定はしないはずですから」

紗希子は美紅が不倫疑惑の件で泣いていたと思っているようだ。

手早く瞼を冷やし、メイクを直してくれる。合間に励ますのも忘れない。

「紗希子さん、ありがとう」

「令華様に、美紅さんが泣いたって思われたくないですからね」

「うん……そうだね」

令華は美紅が弱っていると知ったら、喜びそうだ。

「美紅さんが負けてないところを見せてやりましょう！」

紗希子の励ましに、美紅は頷いた。

「それじゃあ、行ってくるね」

「はい。ここで待ってますから」


義父――京極隆志が暮らすのは、史輝と美紅が生活してる東棟とは真反対の西棟だ。

美紅は一度も立ち入ったことがない。隆志の部屋がどこにあるかも知らないため、川田に案内してもらう。

「旦那様は応接間にいらっしゃいます。令華様もご一緒です」

川田は気遣うように美紅を見た。心配してくれているのだろう。

「分かりました。案内してくれてありがとうございます」

川田にお礼を言い、小さく深呼吸してから応接室のドアをノックする。

「お義父様、美紅です」

「入りなさい」

低い声が返って来た。美紅は強い緊張感を覚えながらドアを押し開いた。

部屋の中央の大きな応接セットに向かい合う形で、隆志と令華が座っていた。

「急に呼び出してすまないね」

隆志は思っていたよりもずっと柔らかな口調で、美紅にも座るように勧めた。

「はい」

頷いたものの、どこに座っていいか迷ってしまう。

空いているのは隆志と令華の隣だが、どちらに行くのも同じくらい躊躇いがある。

「令華の隣に座りなさい」

見かねた隆志に指示されたため、言われた通りに座ると、隆志が改まったように切り出した。

「美紅さんに来てもらったのは、確認したいことがあるからだ。先ほど令華から驚くべき報告があった」

やはり、百合華が起こした不倫騒動の件だ。

令華はあたかも真実のように隆志に話して聞かせたのだろう。その割には彼の態度が穏やかなのが気になるが。

「はい」

「他の人間がいないから言葉を濁さないで言うが、美紅さんが史輝以外の男性と付き合っている、いわゆる不倫をしているという報告があるそうだ。噂は一族間でも広がり、既になかったことにはできない状況にある。そこで君に問うが、この情報は真実かな？」

「いいえ。違います」

美紅は隆志を真っ直ぐ見つめて答えた。

隣に座る令華の鋭い視線が突き刺さるのを感じるが、ここは怯んでいては駄目だと分かっている。

何としても隆志に信じてもらわなくては。

（史輝くんだって言っていた。私は間違ったことはしていないんだから、堂々としていいって）

隆志はしばらく美紅を見つめていたけれど、ふっと表情を和らげて頷いた。

「そうか。よく分かったよ」

彼がどう受け止めたのかは分からないが、悪い方に向かうようには思えない。

(もしかしたら分かってもらえたのかな)

令華たちと違い、隆志は美紅に大した関心はないけれど、憎んでいる訳ではないはずだ。だからフラットに物事を見てくれるのかもしれない。

彼が動かなかったら、令華だって美紅を攻めきれない。

内心ほっとしていると、令華が身を乗り出し隆志に向かって口を開いた。

「お兄様！ もっとしっかり美紅に問い質《ただ》してください。これは内輪で済ませられる問題ではないのですよ！」

苛立った声だった。彼女にとって想定外の展開なのかもしれない。

隆志は困ったように曖昧に笑った。

「それは分かってる。だが美紅さんは事実ではないと言っているのだから、調べないとならないだろう」

「調べるって何をですか？」

「本当に不貞行為があったのかをだ。京極の調査機関に調べさせる。それが一番公平だ。しっかりした客観的証拠があれば、誰も文句は言えないだろう？」

淡々と語る隆志に、令華が眉を吊り上げる。

「お兄様は、私が嘘を言っていると言うのですか？　私はたったひとりの妹なのに？」

「令華を疑っている訳ではないよ。嫁いだ今でも君は私の妹だ」

「ええ、もちろんそうです」

令華がほっとしたように、体の力を抜くのが伝わってくる。

「だが美紅さんも私の身内だ。息子の妻なのだからね。だから彼女の意見を聞くのは当然だ」

「……私と美紅が同列だとでも言うのですか？」

令華が信じられないといったように隆志を見る。

こんなに動揺を露わにする令華を見るのは初めてで、美紅は内心驚愕していた。

「史輝はともかく美紅はお兄様と血の繋がりがないではないですか！」

ヒステリックに叫ぶ令華に、隆志の表情ががらりと変わった。

とても冷めた冷たいものに変わっていく様を、美紅は呼吸を忘れてしまうほどの驚愕で見つめる。

「血の繋がりがないのは、私と君もだったはずだが？」

令華がショックを受けたように息を呑む。

「……そんな風に思っていたのですか？」

「事実だ」

「だから美紅の味方をするのですか？」

令華が震える声で言うと、隆志が「いや」と首を横にふる。

「先ほども言ったが公平に調査する。もし美紅さんが不貞行為を働いているのだとしたら、必ず誰かの目に入っているはずだ。いくら気をつけても完全に隠れるのは無理だ。必ず証拠が見つかるよ」

隆志の声は淡々としているけれど、どこか不安を煽《あお》るものだった。

令華の顔色は悪く、美紅も何も言葉を発せないほどの緊張を感じる。

（大丈夫。私は本当に不倫なんてしていないんだから、証拠なんて出るはずがない）

そう自分に言い聞かせても、なぜか嫌な予感が消えることはなかった。

◇　◇　◇

美紅との電話を終え、今後の動きを考えていると、ドアが開き宗吾が部屋に入ってきた。

かなり慌てた様子で、史輝の下に駆けよってくる。

「史輝、大変だ！」

「どうしたんだ？」

「今、妹から連絡があって、美紅さんと百合華さんが揉めたって。美紅さんに不倫疑惑があるらしい！」

宗吾は早口で言い終えると、史輝のはす向かいにあるオットマンに腰を下ろした。

「ああ、美紅から聞いた」

「美紅さんから？　そうか……よかった」

宗吾がほっとしたように胸をなでおろす。

「なにがだ？」

「史輝が想定の百倍は落ち着いていて。知ったら絶対に怒り狂うと思ってたから」

すっかり安心したのか、宗吾は身軽に腰を上げ、室内にあるバーカウンターに向かう。

「史輝も何か飲むか？」

「ああ。コーヒーを頼む」

宗吾は手早くふたり分のコーヒーを淹れて戻って来た。

「それで史輝が落ち着いてるってことは、不倫疑惑はデマなんだろう?」

「悪い」

「はい」

「当然だ」

史輝は宗吾をじろりと見た。

美紅がそんな真似をする訳がない。疑惑すら腹立たしいというのに。

「俺に怒るなよ。美紅さんも気の毒だな。あの令華夫人と百合華さんに目を付けられてしまったから、次々と面倒事に巻き込まれて」

「必ず今回で終わらせる」

決意を込めて宣言した。

「……あの母娘には怒ってる訳ね」

宗吾が怯えたように、史輝から距離を置こうとする。

「帰国の便を早められないか、確認しておくよ」

「頼む」

「いいんだ。心配だよな。でもうちの妹の話だと、百合華さんに不倫を突きつけられて責められたとき、美紅さんはしっかり反論してたそうだぞ。側に付き添いの女性もいたみたいだから、百合華さんにやられて、ひとり泣きながら帰った感じじゃないみたいだ」

少し安心しただろ？と宗吾が続ける。

「付き添い？　……結城紗希子のことか」

史輝が呟くと、宗吾がぴくりと反応した。

「もしかして、京極の分家だった結城家と関係があるのか？」

「ああ。紗希子は結城家の親族だ。仕事に困っていたからうちで働いてもらっている。精神的に強く信用できる人間だから、美紅のサポートを頼んでいたんだ」

「知らなかった……結城家の人間がまだ一族内にいたんだな」

宗吾が驚くのは無理もない。

元分家のひとつである結城家は、三十年近く前に跡を継ぐ者がなく途絶えてしまったのだから。

その後、京極一族との関りが途絶えたため、彼らの親族がどうしているのか知っている者はごく僅かだ。

そんな曰くつきの結城家の人間が本家で使用人をしているなんて、誰が聞いても驚くだろう。

「美紅と意気投合したそうで、使用人と言うよりも友人関係だ」

「ふーん、いいのか？」

「ああ。美紅がそう望んでいるから」

彼女が心を許せる人間が側にいるのは史輝としても嬉しい。尤も女性に限るが。

「そうか……まあ、プライベートなら誰と親しくしたって自由だからな」

「その通りだ。彼女には本家の使用人に令華に情報を送っている者がいないか探ってもらっている。なかなか尻尾を出さないが、今回の件で動きがあるかもしれない」

「令華夫人のスパイってことだな？　よし、俺は早く帰れるように帰国便の調整をしてくるよ。史輝は用意しておけよ」

「分かった」

予定していた仕事はほぼ終わっている。

空いた時間でこなそうとしていた用件は、延期してもいいだろう。

今は美紅が優先だ。

史輝は急ぎ帰国の準備をはじめた。

六章　真実

美紅の不倫疑惑についての調査が開始されてから、三日後。

美紅は再び、隆志から呼び出されて、先日と同じ応接室に向かった。

部屋には隆志の他に令華と百合華。それから美紅が面識のない、五十才前後の男性がいた。

「遅くなり申し訳ありません」

「時間通りだよ。美紅さんが来たのではじめよう」

隆志は前置きなしに、本題を切り出した。

美紅は緊張感を覚えたが、背筋をピンと伸ばして、結果を待つ。

(大丈夫。私は真実しか言っていないのだから)

嘘を吐いているのは令華と百合華だ。ここで疑惑が晴れるのだから、美紅は喜んでもいいくらいだ。

ただ気になるのが、令華と百合華が余裕の表情でいることだ。

嘘がばれてしまうというのに、堂々としていて不安を感じている気配がない。

（どうして……）

ふたりの態度の理由は不明だが気にかかる。

そんな中、隆志の側に控えていた男性が口を開いた。

「旦那様の指示により、京極美紅様の素行調査を致しました。結果を申し上げます」

どうやら彼は調査員だったようだ。京極グループにはそのような担当部署があると聞いていた。かなり優秀な組織らしいから、きっと真実を話してくれるはず。

美紅は目を閉じて言葉を待つ。

「美紅様が、史輝様以外の男性と密会していたという証言がありました」

（えっ？）

美紅はぱちりと目を開き、唖然とした気持ちで男性を見た。

（どうして？　証言なんてある訳がないのに）

「まあ、どんな証言なのかしら」

令華が上機嫌で男性に問いかける。

「史輝様との結婚前から、複数の男性との深い付き合いがあったと、証言があります。場所は驚くことに笛吹家の敷地内とのことでした」

「ち、違います！　その証言は出鱈目です。私は絶対にそんなことはしていません」

「美紅、見苦しいわよ、黙りなさい」

令華が煩わしそうに眉を顰める。

けれど黙るわけにはいかなかった。

「令華伯母様だってご存じのはずです。結婚前の私は、誰かとこっそり会う時間なんてありませんでした」

令華と百合華に常にこき使われていた美紅の自由時間なんてほんの僅かだった。

給料だってまともに貰っていない。

どう考えても、そんな時間はなかった。誰が調べたって明らかだ。

それなのに証拠が挙がっているということは、偽の証言をした人がいるからだ。

笛吹家の人間は、令華の言いなりだから、命令されたら偽の証言くらいするかもしれない。

(笛吹家内の出来事なんて、関係者以外分からない。嘘をついたってばれないんだから)

「他の証拠は？」

隆志が調査員の男性に続きを促す。

「はい。ご結婚後についてですが、美紅様は自由時間がなくなったため、不貞行為を行ったのは問題の写真が撮られた際の一度だけだと考えられます」

「なるほど……」

隆志は何かを考えるように黙り込んだ。

（どうしよう……このままだと嘘が本当になってしまう）

すぐに反論して無実を証明しなくては。ただ美紅の言葉だけで信用してもらうのは難しい。

自己申告ではなくてもっと客観的な証拠が必要なのだ。

だからと言って、証拠なんてある訳がない。

何もしていない証明をする方が遥かに難しいのだと気がついた。

「美紅、いい加減罪を認めなさい」

令華が厳しい声をかけてくる。

「認めません。証言は真実じゃありません」

「本当に頑固ね……まあいいわ」

令華は美紅に見切りを付けたように隆志に視線を移す。

「お兄様、こうなった以上は史輝と美紅の結婚を終わらせるべきです」

「それは本人たちが決めることだ」

「いえ。年長者がしっかり導くべきです。だって本人たちに任せていたから、このようなだらしない女性を妻にしてしまったのでしょう?」

「……美紅さんはお前の姪ではないか」

隆志がぼそりと呟いたが、令華には届かなかったようだ。

「離婚後、史輝は百合華と結婚するべきです。京極一族では従兄妹同士の結婚は望ましくないとされているけれど、私とお兄様同様血の繋がりはないのだから、問題はありません。むしろ百合華を妻に迎えることで、本家の正当性が増すくらいだわ」

令華は自分の意向が叶うと確信しているようだった。

美紅はもちろん隆志の言葉すら耳に入らないようで、高揚した表情をしている。

「伯父様。私も史輝さんと結婚したいです。私なら美紅と違って本家の夫人として立派に役立てます」

百合華も令華と同様に、自分の言動が間違っているとは思いもしていない。

「美紅は史輝さんの妻としての役目を果たせていません。社交だってろくにできていないようで、本家の使用人からの評判も最悪なんです。証言してくれる人だってちゃんといます」

百合華が得意気に言った。証言してくれる使用人とは、おそらく前々から美紅の様子を令華たちに伝えている者だろう。

(どうしよう、このままだと……)

今のところ隆志はどちらの味方もしていないが、令華の意見に賛同してもおかしくない状況だ。

(お義父様は令華伯母様に、かなり甘いそうだから)

「美紅さん」

隆志が美紅を見つめる。今どんな考えでいるのか表情からは読み取れない。

「証言が間違っていると言っていたが、京極の調査機関は優秀だ。この程度の問題で誤情報に惑わされるとは考えられない。だからもし美紅さんの主張が真実なのだとしたら、わざと嘘の情報を持ち帰ったことになる」

隆志の声音は厳しかった。

美紅の反論は調査機関の人々の能力を否定し、不正を働く者がいると言っているも同然だからだ。

その発言に責任が持てるのかと問われている。

答え方によっては、誰かのキャリアを傷つけたり迷惑をかけることになるのかもしれない。

元々自己主張が苦手な美紅にとって、このプレッシャーの中で訴えるのは辛い。

(でも怖がらないで言わなくちゃ)

「お義父様。私の主張は初めから変わりません。私に後ろめたいことは何もありません。私は史輝さんの妻として恥ずかしいことは一切していません」

美紅が必死に訴え終わると、部屋がシンと静まり返った。

令華が苛立たし気に美紅を睨んでいる。

邪魔をするなと言いたいのだろう。

「両者の言い分は分かった。だが現状では美紅さんの発言には裏付けるものがない。一方で令華の言い分には証拠がある。そのため……」

隆志が結論を下そうとしたそのとき、駆け足のような足音がした。直後応接間のドアが大きく開いた。

「史輝?」

ドアに目を向けた隆志が驚愕の表情になる。

「どうしてここに?　イギリスに出張に行っていたのではないのか?」

「妻の不倫問題という馬鹿な騒動が起きていると聞いたので、急ぎ帰国したんですよ」

史輝はちらりと美紅に目を向けた。

入室したときの彼は強張った顔をしていたけれど、美紅を見る眼差しは優しさがある。

（史輝くん……）

（よかった）

安心して体から力が抜けていく。

「父さん、俺の不在時に妻を詰問するとはどういうことですか？」

史輝が隆志に向ける目は、実の父親に対するものとは思えないほど冷ややかだった。

「史輝、突然割り込んで来て、その態度はなんですか？」

「令華さんは口を出さないでもらいたい」

令華が史輝を窘めようとした。しかし史輝はこれまでにないほどのきつい口調で反論する。

隆志同様、令華にも強い怒りを持っているのは明らかだった。

それに史輝は令華を叔母と呼ばなくなった。それは身内への親しみを捨て線を引く決意の表れのようだ。

「父さん、京極の調査機関の結果は無効です」

その場にいる美紅以外が顔をしかめる。

「正当な理由があるのか？」

「もちろんです。宗吾、入ってくれ」

史輝がドアの方に顔を向けながら呼びかけると、長身の若い男性が姿を現した。

（あ、あの人は……）

史輝との結婚が決まった日に、彼と共に笛吹家を訪れた人物だ。

「宗吾」と下の名前で呼んでいるうえ、今日も一緒にいるということは、信頼している相手なのだろう。

史輝は宗吾からファイルを受け取ると、さっと中身を確認してから隆志に手渡した。

「これは？」

「中身を見たら今回の調査が不正だと分かるはずです」

隆志は訝し気な表情をしながらファイルを開く。そして次の瞬間目を見開いた。

「……なんてことだ」

「不正だと認めますか？」

史輝の問いに、隆志は頷いた。

「調査は公正ではなかった」

隆志は不正と断言はしないものの、調査の無効を認めてくれた。

（よかった……でも史輝くんは一体何を見せたのだろう）

ひと目で疑惑が晴れるものなど思いつかない。

「下がって別室で待機しているように」

隆志は調査員の男性に冷ややかな声で退出を促した。

これで室内には隆志と令華と百合華。それから史輝と宗吾と美紅の六人になった。

「はあ……まさかここまでするとは」

隆志が疲労の滲む息を吐いた。

「お兄様、そのファイルは何ですか？」

令華は我慢がならないというように身を乗り出しファイルに手を伸ばした。

隆志は抵抗せずにファイルを令華に渡す。

「お母様、私にも見せて」

百合華が令華にぴたりとくっつき、一緒になってファイルを凝視する。

「……えっ？　これって」

令華が青ざめ手にしていたファイルを落としてしまった。百合華が不思議そうに首を傾げた。

「この写真に写っているのはお母様ですよね？　この人は誰ですか？」

美紅も身を乗り出して写真を見る。

一枚目はふたりの男女が深刻そうに話をしている場面だった。もう一枚には現金の受け渡しをしている様子が写っている。

ひとりは令華だが、もうひとりは美紅が見かけたことのない人物だ。

四十代半ばと思われる男性で、かなり身長が高い。他にはこれといった特徴がない人物だった。

「これは……」

令華が口ごもる。先ほどまでの威勢がすっかり損なわれており、明らかに動揺している。

「相手は調査機関の人間だ。令華さんは調査担当者を懐柔して、結果を改ざんしたと思われる」

「そんな……」

史輝の説明に、美紅は思わず開きかけた口を手で押さえる。

（そんなことができるものなの？）

隆志の話では非常に優秀で信頼できる組織ということだったのに。

美紅を陥れるためだけにそこまでできるのだろうか。

「金か出世を餌にしたのか、脅したのか。どのような手段を用いたのかは不明だが、令華さんが調査に関わっていたのは変えようのない事実だ。あなたにはもうなんの信用もない」

史輝がそう宣言すると、令華は真っ青な顔をして史輝を睨んだ。

「史輝、お前なんかにそんなことを言われる筋合いはないわ！　大人しくしていたら調子に乗って、勝手な結婚をして、よりによってあの女の娘を本家に入れるなんて！」

令華がヒステリックに叫ぶ。その中に聞き捨てならない言葉があって、美紅は黙っていられずに声を上げた。

「あの女というのは私の母のことですよね？」

「ええ、そうよ！　あなたの馬鹿な母親よ」

顔をしかめる令華は、隆志と史輝の前だと言うのに開き直ったのか美紅への憎しみを隠さなかった。

「そこまで母を嫌うなんて……」

（どうしてなの？）

史輝から、令華と母の関係を少しだけ聞いている。

笛吹家に嫁いだ令華が、口うるさく注意をする母を嫌ったとのことだが、結果として母が家を出て、令華が残った。

傍から見ると令華の勝利だ。だって彼女の思い通りになっているのだから。

でも、それから長い月日が経った今もまだ執拗に憎んでいるのは、不自然ではないだろうか。

それに母が笛吹家に戻ろうとしたことにも違和感を覚え、前から気になっていた。

「母娘揃ってどうしてこんなにイライラさせるの！　史輝とは引き離したはずだったのに結婚するなんて！」

「これ以上妻を侮辱するのは許さない」

史輝が近付いて来て美紅を庇うように立った。

「史輝、そこを退きなさい！」

「退くのはあなたの方だ。今後一切美紅に近付かないでもらう」

「私に対してそんな態度を……」

「もうやめろ！」

睨み合う史輝と令華に、隆志が割り込んだ。

「……もういい加減にしてくれ」

隆志はうんざりしたように首を横に振る。

「お兄様……」

その様子に令華は勢いを失ったが、史輝は隆志を強い目で見返した。

「父さんの事なかれ主義によって苦しむ人がいると、まだ分からないんですか？」

隆志がはっとしたように史輝を見る。

「令華さんの横暴は許容範囲を超えています。父さんが負い目を感じているのは分かっているけれど、立場がある父さんが何も言わないことで被害を被っている人がいる……美紅も長い間、令華さんに虐げられてきたが、周りは見て見ぬふりをした。助けたくても、できなかったんだ。それは父さんにも原因がある」

隆志は僅かに動揺を見せた。史輝から美紅に視線を移すと、恐る恐るといったように問いかけてきた。

「史輝の言ったことは本当か？　虐げられていたというのか？」

「……はい。京極グループ、特に笛吹家では令華伯母様に逆らえる者はいませんでした……私の母も令華伯母様との関係が悪化して家を出た可能性があります」

美紅がはっきりそう告げると、隆志は深い溜息を吐いた。

「父さん、美紅だけでなく俺も令華さんに苦しめられてきた。美紅との交流を禁止され、母親を亡くした彼女が心配でも会えないようにされたんだ。終いには完全に遠ざけるためか、俺を留学させようと企んだ。父さんはそれを何の疑いもなく受け入れて、俺の意思を確認することなく、留学するように命じてきた。あのとき失望してもう二度とあなたに期待はしないと心に決めた」

史輝の話には美紅も知らない内容が含まれていた。

なぜ史輝が美紅を避けるようになったのか。学生で自由が利かなかったと聞いていたけれど、令華がそれほど大きく関わっていたなんて。

「令華さんの横暴をこのまま放っておいたら、京極グループ全てに影響してくる。それすらも見て見ぬふりをする気ですか？　間違いを正せない父さんが、本当にグループトップに相応しいといえますか？」

史輝の言葉にどきりとした。これでは自分の父親に退任しろと言っているようなものだった。

息苦しい沈黙が訪れる。しばらくしてようやく隆志が口を開いた。

「……史輝の言うことは分かっている。令華に問題があることは以前から気付いているんだ。だが彼女に何も言えなかったのは罪悪感がいつまでも拭えなかったからだ」

「それは父さんがこの家を継いだことですか？」

「そうだ。養子である私は、一生令華を大切にし面倒を見ることを養父母に約束して本家を継いだ。令華もそれを知っていて、ずっと本家に残りたがっていた。だが私は自分の立場を盤石にするために令華の結婚を強引に決めて追い出した。当時は私ではなく令華が配偶者を迎えて家を継ぐべきだという意見もあったからだ。幼い頃から本家の跡を継ぐために努力してきたのに、今更身を引けと言われてもどうしても納得できなかった。だがそのせいで妹を犠牲にしてしまった」

隆志の表情は苦悩に満ちていた。

「罪悪感を持つ気持ちは理解できます。だからと言って、償いをするために他人を不幸にしていい訳じゃない。令華さんの我儘は父さんひとりが受け入れるなら問題がなかった。でも実際は違った」

隆志が力を失ったように、俯いた。

「分かっているんだ。本当は今日、令華に罪を認めるように言うつもりでいた」

(えっ？　お隆志様は、私が無実だって知っていたの？)

美紅の表情で言いたいことに気付いたのか、隆志が頷いた。

「君が史輝を裏切るような人ではないと分かっていた。そして令華が望みを叶えるためなら何でもする人だということも。ただ調査機関を買収するとまでは予想していなかったから、対応に迷っていた。そこに史輝が証拠を持って駆けつけたというわけだ。

息子の方が余程優秀で、用心深い……予め令華の身辺を調査していただなんて」

「お兄様……今の話……私を疑っていたのですか？」

令華が信じられないといったように呟く。相当ショックを受けているようで、真っ青だ。

隆志はそんな令華を痛ましげに見たあとに、頷いた。

「ああ」

「どうして？」

「これを見つけたからだ」

隆志はスーツの内ポケットから何かを取り出す。

（……手紙？）

「妻からの手紙だ。令華は見覚えがあるかもしれないな」

令華が顔をびくりと体を震わせた。恐怖を感じたときのように、顔が強張っている。

「それが母の手紙だと言うのですか？」

史輝は知らない話のようで、怪訝そうに眉を顰める。

「そうだ。ここには妻からの訴えが書いてある。病状が進行してから書いたものなんだろう。亡くなる前の最後の手紙だ」

「最後の手紙があったなんて聞いていない」

史輝が動揺を露わにする。

「私も気付いたのはほんの数日前だ」

「それまではどこに有ったのですか？」

「妻から貰った他の手紙に一緒に保管されていた。未読のものが紛れている訳がないと思い込んで気付かなかったんだ。発見後すぐに調査をし、昔から令華に仕えていた使用人の仕業だと分かった。その使用人は、令華に手紙を破棄するように指示されていたが、罪悪感で捨てられなかったそうだ」

「たくさんの手紙に紛れ込ませてしまえば、読み返そうとしない限り発見されない。いつ見つかってもおかしくない状態だったわけですね」

史輝が怒りを抑えているかのような声音で告げた。

発見までに十年以上の時間がかかったことへの、非難の気持ちが籠っているのだろう。

隆志は僅かに辛そうな表情をしながらも、言葉を続ける。

「ここには令華が私の妻と美紅さんの母君にした悪行について書かれていたよ。私に気を遣ってなかなか言えなかったようだが、史輝と美紅さんが心配だったのだろう。

真実と共にふたりを頼むと書いてあった」

美紅は息苦しくなるような緊張を感じていた。

（お母さんがなぜ家を出たのか、本当のことが分かるの？）

隆志が美紅に視線を合わせた。

「美紅さん、君の母君は令華のせいで実家を追い出されたんだよ」

ずきりと胸が痛くなった。

史輝が言っていた通りだったのだ。

「母は家を出てどこに行ったのでしょうか」

それまで笛吹家の令嬢として何不自由なく暮らしていた母が、家を出てひとりで生活するのは、苦労が大きかったと思う。

無事に美紅を産んだのが信じられないほどだ。

「彼女は笛吹家を出ると、幼馴染を頼ったそうだ。その幼馴染は元は京極の分家であった結城家の親族だった。結城家を継ぐ者がいなかったため途絶えたが、親族が何人かいて、グループ外の会社で働き生活していた」

「……もしかしてその人が私の父ですか？」

ドキドキと心臓が脈打つ。緊張でいっぱいになりながら隆志の答えを待った。

「そうだ。君の母君と一緒に暮らしているうちに、幼馴染から恋人になったのだろう。ただ、不幸なことに事故で亡くなった」

「え……」

(せっかくお父さんが分かったのに、亡くなってるの？)

母だけでなく父までも事故で亡くなっていたなんて。ショックのあまり目の前がくらりとする。

「美紅！」

史輝が慌てて美紅の体を支えてくれたから倒れずに済んだが、ショックは拭えない。

「父さん、美紅の父親は本当に事故に遭ったんですか？」

「そうだ。だが事故に令華が関わっている」

「令華伯母様が？」

信じられない思いで令華を見る。隆志の言葉が真実だからか、彼女は血の気が引いた顔で茫然としていた。

「美紅さんの両親が外出していたときに、偶然令華と会ったそうだ。それ以来令華はふたりが暮らす家を頻繁に訪れ執拗に絡んでいたそうだ。美紅さんの父は小さな会社を経営していたから、令華と揉めて会社に影響が出ることを恐れていた。迷惑に思いながらも強い拒否ができなかったようだ」

美紅の母は令華の過激な性格を誰よりもよく知っていたから、警戒するのは当然だったのだろう。

「ある日の夜。令華は深夜に美紅さんの両親の家に押し掛けた。そして体調不良で休んでいた美紅さんの父君に車で京極本家まで送るように無理を言ったそうだ。手紙に詳しくは書いていないが相当強引な言動だったのだろう。結局父君が令華を送ることになったが、帰りに運転を誤り亡くなってしまったんだ」

「えっ⁉」

美紅は思わず高い声を上げた。

令華の身勝手な要求は、ただの嫌がらせとしか思えない。実際それに近いものだったのだろう。

(そんなことが原因で、お父さんが？)

動揺してふらつく美紅を史輝が支える。一瞬痛ましげな顔をした隆志が、話を続ける。

「令華が直接手を下した訳じゃない。しかし美紅さんの母君はその時から令華を恨んでいたそうだ。親友だった私の妻にも何度も相談していた。ただそれは令華に復讐をする訳じゃなく、どうすれば恨みを忘れて君を育てることだけを考えられるのか……

そんな苦しい気持ちを吐き出していたのだろう」

隆志の言葉を聞いた瞬間、史輝が息を呑むのが伝わってきた。

彼は状況から、美紅の母が笛吹家に戻ることを願っていると考えていたが、実際は違っていた。その事実を知ったからだ。

美紅は複雑な思いで目を伏せた。

父の死の真実を知りショックだった。母が令華を恨む気持ちはよく分かる。美紅だって令華が許せない。

でも、母が復讐に染まるような人ではなくてよかったとも思う。

幼い美紅に見せてくれた優しい笑顔。あれが母の本質なのだ。

（最後まで温かな人でよかった……）

気付けば史輝が手を握ってくれていた。

「史輝くん……」

いつの間にか涙が零れていた。史輝がそっと拭ってくれる。

「大丈夫か？」

史輝と美紅の様子を見た隆志が、悲しそうに目を細めた。

「手紙には令華の罪を告発し、史輝と美紅さんを守って欲しいと書いてあった。私は妻の最期の願いを長い間知らずに過ごし、それどころか史輝が言う通り、令華に荷担してきた。京極グループの代表として失格だ」

史輝がはっと息を呑む。そのとき、耳を突きさすような叫び声がした。

「待って！　お兄様何を言う気なの？」

茫然とした様子で黙り込んでいた令華が、興奮したように隆志に詰め寄る。

「私は責任を取るつもりだ」

「責任って？　まさか史輝に当主の座を渡すつもりじゃないわよね？　そんなことする必要はないわ。美紅の父親が死んだのは私のせいじゃない、逆恨みだわ！　体調管理ができずに運転を誤った自分の責任よ！」

まるで罪悪感など感じていないような令華の態度に、美紅は頭に血が上るのを感じた。

「なんて酷い……父はあなたの我儘で無理をしたのに……」

思わず漏れた美紅の言葉に、令華が怒りに顔を赤くする。

「私は悪くない！　お兄様が私を追い出したりしなければ、事故は起きなかったわ！」

「そんな……」

なんという他責思考なのだろう。全てが他人のせいで、自分は何も反省しない。

（この人に言葉は通じない）

そう悟ったから母は家を出たのだろうか。悔しい気持ちで口を閉じたそのとき、史輝が美紅を守るように前に出た。

「令華さん、今のあなたには何を言っても無駄だ。だからこの場から出て行ってもらう」

「……は？　私を追い出す気？」

「そうだ。あなたはこれまで沢山の罪を犯している。法的な罪に問うことはできなくても、京極家として許す訳にはいかない」

史輝が冷たい声で告げて宗吾に視線を送った。令華を連れて行けという合図なのだろう。

続いて史輝が、ショックに固まる百合華に目を向けた。

「百合華。お前も母親と一緒に出て行ってもらう」

「え？」

「京極本家の使用人を買収して美紅の情報を流させていたことと、金に困った同僚を雇って美紅の名誉を傷つけたこと。どちらも調べがついている」

史輝の鋭い言葉に、百合華は真っ青になった。

「そ、そんな……」

「既に関係者から話を聞いているから、口裏を合わせようとしても無駄だぞ」

「連れていけ」

令華と百合華は抵抗しながらも、無理やり連れ出されていった。

ドアの向こうでは、かなりの騒ぎになっているようだが、しばらくすると部屋に沈黙が訪れる。

「史輝。私は近い内に代表を辞任する。そして令華と共に何らかの方法で償いをして行きたいと思っている」

「父さん……」

「今まですまなかった」

繋いだ史輝の手に力がこもる。

「それは美紅に言ってください」

「そうだな……美紅さん申し訳なかった」

「……すみません、今はまだ混乱していて、何と言えばいいのか分からないんです」

沢山の感情が渦巻いて、頭が回らない。

「父さん、今日はこれまでにしてください。美紅を休ませたい」

「分かった。令華たちのことは私が責任を持って対処する」

「お願いします……宗吾、行こう」

史輝が美紅の肩を抱き、令華たちを連れ出してからまた戻って来た宗吾に声をかけた。

「ああ」

宗吾が素早くドアを開ける。史輝は一度部屋の中を振り返ってから外に出た。

「美紅、大丈夫か？」

史輝が廊下を進みながらも、心配そうに美紅の様子を窺う。

「うん……でもショックなことが多くて……」

油断すると勝手に涙が零れてしまう。

涙もろいのは幼い頃に卒業したはずなのに、どうしても止まらない。

史輝が慰めてくれるけれど、落ち着くまでにもう少し時間がかかりそうだ。

「宗吾、今日はこのまま美紅の側にいたい。後を頼んでいいか？」

「もちろん、任せてくれ」

宗吾が笑顔で頷き、颯爽と去って行った。

「あの、大丈夫だったの？」

仕事の邪魔をしてしまったのではないだろうか。

「気にしなくていい。今は緊急事態だ。あいつは前田宗吾といって俺の唯一の親友だ。俺たちの事情も知っている」

「そうなんだ……あ、もしかして前田家の？」

「ああ。イギリスにいるとき、宗吾の妹が美紅の情報を知らせてくれた」

「妹さんって婚約された？」

「いや、その下の妹だ。人見知りで無口だが、観察力があって周りをよく見ている」

「そうなんだ」

史輝と話しているうちに気付けば涙は止まっていた。

ちょうど部屋に着き、居間のソファに座り体を休める。

「美紅……気分は悪くないか？」

史輝がとても気遣わし気に尋ねてくる。

「うん、なんとか……あの、私史輝くんに伝えたいことが……こんな時だけれど、早く話した方がいいと思って」

「何かあったのか？」

史輝が心配そうに美紅を見つめる。

「この前貧血で倒れたとき、お医者様に診てもらったでしょう?」

「ああ……もしかして何か問題が?」

史輝がさっと顔色を変えた。

「問題じゃないんだけど……私、妊娠したの」

「……え?」

驚きのあまりかぴたりと動きを止めてしまった彼に、美紅はもう一度告げる。

「ここに私たちの赤ちゃんがいるんだよ」

美紅の言葉につられるように、史輝の視線が下がる。

「俺たちの子供が……」

「うん。私たち、お父さんとお母さんになるんだよ」

美紅が微笑みながら頷くと、史輝も顔を綻ばせる。それからそっと美紅のお腹に手を添えた。

「まだ少しも膨らんでないな」

「まだまだ先だと思うよ……自分が親になるなんて信じられないし、自信はないけど、子供を幸せにしてあげられるように頑張りたいな」

「ああ。俺も頑張るよ。美紅と子供を守れるようにもっと強くなる」

「史輝くん、ありがとう。でも無理はしないでね」

史輝の肩にもたれ掛かる。そうすると、だんだん落ち着いてくる。

「愛する妻子のためなら無理をしたくなる。少しでもいい暮らしをさせてやりたい。望みを叶えてやりたい」

「……それならひとつだけ約束して？」

「ああ、もちろん」

史輝が美紅をそっと抱き寄せる。

「これからずっと、何年先も私たちと一緒に生きて欲しい」

美紅もきっと生まれてくる子供も、それだけで幸せなのだから。

「……ああ、絶対だ。約束するよ」

史輝の腕に包まれて美紅は幸福を感じていた。

収まっていた涙がまた溢れ出す。

本当に情緒不安定だ。

それでも今は好きなだけ泣こう。

ここは素直になれる場所なのだから。

エピローグ

美紅が両親の過去を知った日から、一カ月が過ぎた。

十二月に入り、寒さが増してきたものの平穏な日々を過ごしている。

ただここに来るまでには様々なことがあった。

一番は隆志の引退を、本家と分家のトップが集う会合で正式に発表したことだ。

まだ五十代後半と若いため、ほとんどの人に引き留められていたが、史輝に言った、自分は代表として失格だという決意は変わらないようだった。

一年の引継ぎを経て、史輝が跡を継ぐことに決定した。

正式な跡継ぎとはいえ、まだ年若い史輝に不安を感じる人も多いそうで、認められるのはなかなか大変だと、史輝は懸命に頑張っている。

美紅も彼を支えたいと奮闘中だ。

今回の騒動で、令華と百合華に従っていた使用人は解雇したため、屋敷内が少し混乱している。

その分仕事が増えているが、川田に助けてもらいながら、なんとかこなしている。

平常に戻るまで、そう時間はかからないだろう。

笛吹家は次回の株主総会で、京極建設の社長の任を解かれることになった。令華たちの問題だけではなく、会社を率いる能力がないと判断されたうえに、横領の疑いすらあるのだとか。おそらくこのまま没落していくのだろう。

母の生家だから、複雑な気持ちになるけれど、仕方がないことだと思っている。

令華と百合華については今後隆志が監視していくそうだ。京極グループ内の権限を与えず、財産を没収し、これ以上勝手な行動ができないようにするとのこと。

それを聞いたとき、美紅は令華はともかく百合華に対しては厳しい処罰だと感じた。

しかし史輝が調べたところ、彼女もかなり卑怯な真似をしていたそうだ。

美紅に不倫の濡れ衣を着せようとしたのは百合華の発案で、経済的に困窮していた同僚を買収したらしい。

あの日、笛吹家に里帰りした美紅を薬で眠らせて、疑惑になった写真を撮る計画だったそうだ。美紅が倒れたのは嬉しい誤算で、手間が省けたと思ったそう。

妊娠中なのに睡眠薬なんて飲まされたら、どうなっていただろうか。

結果として無事だったとはいえ、百合華の行いは酷いものだ。

隆志が決めた処罰は妥当だと、考えが変わった。

令華と百合華が、監視され慎ましい生活を送ることができるとは思えないが、かと言って京極一族から離れて自立していくのも無理だろう。

更生したと認められるまで、飼い殺しのような日々が続くのに耐えるしかない。

亡くなった父と母のことを思うと、令華に対してはそれでも甘い罰だと感じるときもあるが、美紅はこれで忘れることにした。

母が恨みを忘れたいと願った通り、美紅も暗い気持ちを持つより前向きに生きていきたい。

子供が生まれるときに晴れやかな想いで迎えてあげたい、そう思ったからだ。


「美紅、準備はできたか？」

美紅の私室に史輝がやって来た。

仕事が忙しい彼は、最近はまともに休日を取れておらず、今日は一カ月ぶりの連休だった。まだ疲れは見えるものの、楽しそうな笑みを浮かべている。

「うん。ちょうど今終わったところ」

美紅も久しぶりに夫と過ごせるのが嬉しくて、朝から張り切って支度をしていた。

「美紅さん、マフラーもしていった方がいいですよ」

紗希子が淡いブルーのマフラーを持って来てくれた。

「ありがとう。紗希子さんは用意ができたの？」

「ええ。とっくに終わってますよ」

「よかった。それじゃあ行きましょう」

今日は、亡くなった美紅の父親の墓参りに向かう。

紗希子も同行するのは、彼女が父親と同じ結城家の出身で、美紅とは再従妹《はとこ》の関係だと発覚したからだ。

お互い何も知らなかったから、とても驚いたけれど、紗希子とそんな繋がりがあったことが嬉しかった。

親族だと分かってからも、紗希子は仕事を続けると決めて、今でも美紅を助けてくれているし、生まれて来る子の面倒を一緒に見てくれるそうだ。


史輝の運転する車で、父が眠る墓地に向かう。

海から近いその墓地は小高い丘の上にあり、海風が墓地の周りの樹を揺らしていた。

光が下りる緑の芝の上に白い墓石が並ぶ、明るく安らかな気持ちにさせてくれる。

美紅は父の墓石の前に立ち、持って来た花を添えた。

母の妊娠が分かったのは、父が亡くなった後だったから、父は自分に娘がいることを知らずにこの世を去ったらしい。

美紅も父の顔を知らず、少し前まで名前すら知らなかった。籍も入っていない。世間的にも認められていない関係。

それでも墓石の名前を見たとき切なくなった。

美紅はそっとその場に膝を突いた。

ようやく会えた父に、祈りを捧げる。

（お父さん、安らかに眠ってください）

史輝が美紅と同じように屈みこむ。一緒に祈ってくれているのだろう。

（お父さん、私の夫の史輝くんと、初めてできた友人の紗希子さんです。私は今、幸せに生きてます）

この声が届いたらいいのに。そう願いながら美紅は父に語り掛けた。


「史輝くん、今日はお墓参りに連れて行ってくれてありがとう」

寝る前の夫婦の時間。美紅は史輝に改めてお礼を言った。

「お父さんに会えて嬉しかった」

「また連れていく。美紅がよかったらお義母さんを同じ墓地に連れて来ようか」

「そうだね……お母さんもその方が喜ぶかもしれない」

母は今、笛吹家の墓地に眠っているけれど、きっと愛する人の側にいたいと思っているだろう。

「史輝くん……今日、私は幸せ者だと思ったの」

「どうしてだ？」

史輝が優しく続きを促す。

「初恋の人と結婚して子供ができて、この先もずっと一緒に生きていけるから……史輝くんと会えて本当によかった」

「俺も美紅に会えてよかった。大切にしたいと思う人がいるから、苦しいときもここまでやって来られたのだと思う。愛してる」

彼の手が背中に回る。温かな腕に包まれて顔を上げると唇を塞がれ、美紅は幸せの中で目を閉じた。

この愛しさが永遠に続くことを願いながら。

END

特別書き下ろし番外編

愛娘

五月十日のよく晴れた日の朝に、美紅は女の子を出産した。

予定日よりも早い出産だったが、娘は元気よく泣き声をあげた。

陣痛が始まってからずっと付き添ってくれていた史輝は、娘の誕生に感動したのか、一粒涙を零していた。

「美紅、元気な子供を産んでくれてありがとう」

「うん……よかった……」

「美紅？　大丈夫か？」

彼が泣くところを初めて見た美紅も、胸に迫るものがあり一緒に泣き出してしまったので、史輝が感傷に浸っていた時間はほんの僅かになってしまったのだけれど。

娘の名前はふたりで悩みながら考えて、琴羽《ことは》と名付けた。

美紅に似たのか体が少し小さく、生まれたときの身長が四十五センチで、体重が二千六百グラム。顔立ちは史輝に似てとても綺麗だ。

健康に問題なくすくすく育ち、あっという間に二カ月が経とうとしていた。

「琴羽、今日も可愛いね」

まだベビーベッドで眠ってばかりの娘に、美紅は優しく囁いた。

愛しくてたまらない。

安心して眠っている姿も、じっと見つめてくる純粋な瞳も、何もかもが可愛くて、いくらだって見ていられる。

しかし史輝の娘への溺愛ぶりは美紅以上だ。

どんなに忙しくても朝晩娘の顔を見に子供部屋にやって来る。

そして五分以上娘との時間を過ごすのだ。

その時の彼の顔は、冷酷だとも言われる京極グループ次期総帥の面影は全くない。

目じりが下がり、傍から見ても娘に夢中な様子が伝わってくる。

彼がこんなに子煩悩になるとは思っていなかったので、嬉しい誤算だ。

今朝も静かにドアが開き、史輝がやって来た。

出勤前なのでグレーのスーツに着替えを済ませている。すらりとした姿ははっとするほど美しく、きりりとしている。

とても子持ちとは思えない。

「史輝くん、おはよう」

「おはよう」

史輝が優しく微笑み、美紅の腰を引き寄せる。流れるような動きでキスをした。

子供が生まれても欠かさない習慣だ。

「琴羽は眠っているのか」

「うん。さっき授乳をしたところだから、あと一時間は起きないかも」

「たまには起きているときに会いたいな」

史輝が残念そうに肩をすくめた。それでも娘を見つめる目は柔らかい。

今日も時間が許すまで琴羽の側に居るのだろうと思っていたが、珍しくすぐに視線を上げて美紅に合図を送ってきた。

何か話があるようだ。

ちょうどやって来た紗希子に琴羽を任せ、ふたりで隣の部屋に移動する。

「どうしたの?」

「明後日、結婚記念日だろ?」

「あっ、そう言えば」

出産と琴羽の世話ですっかり忘れてしまっていたが、あと少しで史輝と結婚して一年だ。

「その様子だと忘れてたな？」

史輝が仕方がないなとでもいうように笑って言う。

「ごめんなさい……」

「初めての育児で毎日大変なんだから仕方ない。だから今回は家でゆっくり祝わないか？」

「あ……うん。そうしたい」

幸いなことに子育てをフォローしてくれる人は何人もいるが、今はまだ心配で琴羽の側を長く離れることに抵抗がある。

史輝もその気持ちを理解してくれているから、自宅で祝おうと提案してくれたのだろう。

華やかなパーティーや、豪華なレストランではなくても、ふたりで過ごせたらそれでいい。

「楽しみだね。史輝くんが好きな料理を用意しておくね」

「ああ」

史輝は嬉しそうに頷くと、出社するために部屋を出て行く。途中もう一度琴羽の顔を見ることを忘れなかった。

七月七日の結婚記念日。

史輝はいつもよりも三時間以上早い、午後五時に帰宅した。

東棟のダイニングルームに、シェフと相談して用意した結婚記念日特別料理を並べて、夫婦ふたりきりの結婚記念日のお祝いをはじめる。

授乳中のためお酒は断っているけれど、今夜はノンアルコールワインで、気分を味わう。

史輝には本物のワインを勧めたけれど、美紅と同じものを飲んでいた。

色鮮やかな前菜に冷製スープとさっぱりしたステーキ。焼きたての美味しいパン。どれも史輝と美紅の共通した好物だ。

「こんなふうにゆっくり過ごすのは久し振りだね」

琴羽が生まれてからは生活リズムが変化して、史輝との時間が減っていた。

「琴羽中心の生活になったからな。でもときどきはこんな時間も必要だな」

ステーキを切っていた史輝が美紅を見つめて、優しく微笑む。

「うん。私もそう思う」

こうやって過ごしていると、封印したように感じていなかった彼に触れたいという想いが込み上げる。

（そう言えば、もうずっと史輝くんと一緒に寝ていない）

琴羽が夜中に何度も起きて、その度に授乳をするため、美紅は子供部屋で琴羽と一緒に眠っている。

史輝は翌日の仕事に響かないように、別室で休んでいる。

出社前のキスなど、夫婦の触れ合いはあるが、それでもやはり物足りない。

（たまには史輝くんとゆっくり過ごしたいな……）

ぎゅっと抱きしめてもらって温もりを感じたい。

食事を終えると史輝の部屋に場所を移して、お茶を飲むことにした。

「まだ七時なんだ」

もっと遅い時間のイメージがあった。

「史輝くんの帰宅が早いと、こんなにゆっくりできるんだね……あ、責めてるわけじゃないの！　ただ、うれしいなと思って」

「そうだな。いつも早く帰宅できたらいいんだが、そういう訳にもいかないからな」

「うん、忙しそうだものね……そうだ、史輝くんそこに横になって」

美紅はカップを置くと立ち上がり、史輝にソファに寝るように言う。

「どうするんだ？」

史輝は戸惑いながらも美紅の言う通りにしてくれた。

「史輝くん疲れているでしょう？　マッサージしてあげる」

「美紅が？」

美紅は戸惑う史輝に近付き、両手で広い背中を押した。

笛吹家にいた頃、伯父がよくマッサージを受けている姿を見たことがあった。

一日中外で働いていると疲れるのだとか。

史輝と伯父は体力も体の鍛え方も違うが、マッサージをして体をほぐすのは気持ちがいいはずだ。

ところが、史輝の体は想像以上に固く、ぐっぐっと背中を押しても手ごたえを感じない。

「固い……これって筋肉なのかな？」

「定期的にジムに通ってはいるが……」

「もうちょっと力を入れた方がいいかな。史輝くんこれでどう？」

かなり力を入れて押す。

「ああ、気持ちがいいよ」

「よかった」

どうやら効果があったようだ。

美紅は張り切ってマッサージを続ける。

少しでも彼を癒したい一心だ。

途中腕が疲れてしまったので、半ば背中に乗るような形でマッサージを続けた。

「交代しよう。美紅も疲れてるだろ？」

急に史輝がそんなことを言い出した。

「え？　いいよ私は……」

断ったけれど史輝によってソファの上にうつ伏せで寝かされてしまう。

一瞬のことで逆らう暇もなかった。

史輝の大きな手が、美紅の背中の上に置かれる。彼は美紅とは違いリズミカルに凝った場所をほぐしていく。

（うわあ……すごく気持ちがいい）

伯父がしょっちゅうマッサージを受けていた気持ちが分かる気がする。

このまま眠ってしまいそうなほど、体がほぐれていく感じがする。

一瞬眠ってしまったのかもしれない。

「美紅」

史輝に呼ばれて、美紅はぱっと目を見開いた。

「あ、ごめん、気持ちよくて」

「寝不足が続いて疲れてるんだ」

「うん……確かに寝不足かも」

小さな欠伸《あくび》がでそうになり噛み殺す。

「毎日、頑張って琴羽を育てているからな。俺が側にいられないから美紅にばかり負担をかけてしまってる」

「大変だとは思うけど、負担じゃないよ。琴羽の面倒を見るのは幸せだもの。私は周りに手伝ってくれる人がいてすごく恵まれているし、大丈夫」

「ありがとうな。いつも感謝している」

「私も感謝してる。何も心配しないで子育てをしていられるのは史輝くんのおかげだもの」

お互いを思いやる言葉を交わした後は、見つめ合って微笑む。

どちらからともなく顔を近付け、キスをした。

相手の様子を窺うような軽いキスはやがて濃厚なものに変化していく。

いつの間にかソファの上で重なり合い、求めるように唇を重ね合っていた。

「んっ……はあ……」

舌を絡め合うような激しいキスは久し振りで、美紅の息はすぐに上がってしまう。

けれど史輝はこれまでの穏やかさが嘘のように、情熱的に美紅を抱きしめ、深いキスを繰り返す。

彼の腕が離さないとでもいうように美紅の体を包んでいた。

(心臓がドキドキする……史輝くんにも聞こえちゃいそう)

こんなときめきは久し振りだ。陶酔感で頭も体もぼんやりとした感じがする。

史輝の唇が頬を滑り、耳をかすめかりっと耳たぶを甘噛みされた。

「あっ」

びくりとする美紅の体を抱きしめたまま、史輝は唇を這わせ首筋を何度もなぞる。

その度にぞくぞくした感覚が体を走り、美紅は甘い声を上げ続けた。

切ない気持ちになり、史輝の逞しい体に手を伸ばす。

美紅と違い平然としている彼だけれど、体は熱い。

ぴたりとくっつき肌を重ね合うと、美紅の体もどんどん熱を持っていった。

美紅を見下ろす史輝は、息を呑むほど色っぽく、その瞳にははっきりと欲望が滲んでいる。

彼が美紅を見つめたまま口を開く。

「今夜はふたりで……」

美紅はどきどきと高鳴る胸を押さえた。

このまま時間を忘れて愛し合いたい。心も体も彼を求めているのだから。

きっと彼も同じ気持ちでいてくれている。

期待を胸に彼の言葉を待つ。

そのとき、耳に飛び込んできた赤ちゃんの泣き声で、夢から覚めたように我に返った。

「琴羽？」

よく眠っていたはずだが、お腹が空いて起きたのだろうか。

史輝がゆっくり体を起こした。

名残惜しさを感じているような、何とも言えない表情だが、ふたりの周囲を覆っていた熱気は既に霧散し、代わりにソワソワと落ち着かない空気が漂っている。

「史輝くん、私、琴羽のところに行ってくるね」

美紅は体を起こし、素早く乱れた襟元を整えた。

「ああ。俺も後から行く」

「うん」

急ぎ足で子供部屋に向かうと、紗希子が琴羽をあやしているところだった。

「あ、美紅さん。今日は史輝様と過ごされるんじゃ？」

「紗希子さんありがとう。琴羽の声が聞こえたから気になって……お腹が空いちゃったのかな？」

「そうみたいです。ミルクを用意しようと思ってたんだけど、どうしますか？」

「あとは私がやるから大丈夫。紗希子さんはもう休んで。遅くまでお願いしちゃってごめんね」

紗希子の腕から琴羽を受け取る。

「今夜は一晩面倒を見るつもりだったから大丈夫ですよ。でも美紅さんが来たなら部屋に戻ります。琴羽ちゃんもママの方がいいもんね」

紗希子は琴羽に声をかけてから、部屋を出て行った。

授乳をしたり、オムツを交換していると、史輝がやって来た。

簡単にシャワーを浴びたようで、髪の気が湿っていた。

「俺が見てるから、美紅もシャワーを浴びて来たらどうだ？」

「うん。そうさせてもらおうかな」
史輝が琴羽を受け取った。眠るまで抱っこしているつもりなのだろう。
見惚れるくらい素敵な夫が、愛娘を抱いている姿に胸の奥が温かくなった。
(夫婦の時間はしばらくお預けだけど、すごく幸せな結婚記念日だな)
次の結婚記念日も、こんなふうに穏やかで温かな日々が続きますように。
美紅は心の中で、そっと願ったのだった。

結城家

　新学期の始まりの四月上旬。

　琴羽は生後十一カ月になり、ハイハイをしたり伝い歩きをしたりと、成長を続けている。かなり行動的になっているため見守るのが大変だが、その分一度に眠る時間が増えて、美紅の生活リズムも整いつつあった。

「結城家って約三十年前に途絶えてしまったって聞いたんだけど、紗希子さんは詳しい事情を知っている？」

　琴羽のお昼寝時間。紗希子とお茶をしていた美紅は、前々からの疑問を口にした。

　紗希子はおやつのクッキーに手を伸ばしながら頷いた。

「多少は。私の父は結城家当主の従弟だったそうなので。美紅さんのお父様は当主の年の離れた弟さんだったんですよね」

「そうらしいけど、私はその辺全然知らないから。史輝くんも結城家のことはあまり詳しくないって」

「私の知識も史輝様と同じようなものですよ。親から詳しく聞いた訳じゃないし。あまり話したがらなかったんですよね」

「どうして途絶えてしまったの？　当主に子供がいなかったとしても、私の父や紗希子さんのお父様が継げるでしょ？」

紗希子が少しだけ首を傾げた。

「きっかけはどこかの分家と諍いを起こしたことらしいんですけど、そもそも京極一族のありようが合わなかったんじゃないですか？　序列とか面倒なことが多いじゃないですか。私の父はしがらみがないところで自由に生きたいタイプだったので、もし次期当主になんて言われても絶対拒否していたはずですよ。美紅さんのお父様も辞退したんじゃないですかね？」

「どうなんだろう。私は父のことを全然知らないから、なんとも……母からも話を聞いたことがないし」

「私も美紅さんのお父様のことは知らないんですけど、でもおそらく私の父と同じように京極グループから出たかったんですよ。結城家は本家や他の分家から嫌われてしまっていたそうなんで、肩身が狭かったでしょうし」

紗希子がはあと溜息を吐いた。

「でも娘の私は結構苦労しました。父は生活力がない人で幼い頃から貧乏だったし、お人よしで騙されて借金をつくるし。私はお金を稼がなかきゃと思って大学進学を諦めて就職したんですけど、そこがブラック企業で散々な目に遭って……困っていたところに史輝様に偶然会いました。そこで雇ってもらうことになったんです」

「そんなことがあったんだ」

「しかも史輝様は私の家の借金を立て替えてくれたんですよ。結城家の当主が他の分家との諍いをきっかけに没落したのを知っていたんで同情してくれたんだと思います。それ以来ずっとここで働いています」

思いがけず史輝と紗希子の出会いを知ることになった。

「紗希子さんこの先も京極家で働くつもりなの？」

「え？」

「紗希子さんが居てくれたら私は心強いけど、でも紗希子さんは優秀だからいつまでも琴羽のお世話をしてもらうのは悪い気がして」

「全然悪くないですよ！　むしろ琴羽ちゃんのお世話は大好きです。結構子供好きみたいで」

紗希子はにこにこしながら言い、今度はチョコレートを放り込む。

「そうなんだ……ところで紗希子さんは結婚は考えてないの？」

「考えたことないですねー。仕事が好きですし」

「でも結婚を申し込まれたらどうするの？　例えば、前田宗吾さんとか」

さらりと聞いたつもりだったが、お茶を飲んでた紗希子が咽《むせ》てしまった。

彼女は苦しそうにゲホゲホしながら、涙目で美紅を見る。

「美紅さん、どうして？」

「なんとなくだったんだけど……」

前田宗吾は史輝の同僚兼友人で、京極家に出入りをする機会が多い。

温厚で人当たりがよく、美紅もすぐに仲良くなれた。

そんな彼の様子が最近おかしいことに気が付いた。京極家に来るときょろきょろと周囲を見回し誰かを探すような素振りをするのだ。

不思議に思い観察していると、彼の視線の先には紗希子の姿があった。

だからもしかしたらふたりは付き合ってるのではないかと、考えていたのだけれど。

今聞いたのは計画的なものではなく話の流れだ。

けれど予想以上の反応が返って来た。

美紅が申し訳なさを感じるほどに。

「あの……なんかごめんね。まさか本当に付き合ってるとは思わなくて」

宗吾の好意は気付いていたけれど、両想いのようには見えなかったのだ。

「つ、付き合ってる訳じゃないです。ただ最近よく話すようになっただけで」

否定しながらも、紗希子の顔は赤く染まっていた。

「そうなんだ。宗吾さんは優しくてよい人だし、紗希子さんはしっかりしていて誠実だから、きっとお似合いだと思う」

もしふたりが付き合ったら、美紅も嬉しい。

大切な人たちに幸せになって欲しいから。

(史輝くんもきっとそう思うだろうな)

彼が知ったときの嬉しそうな顔を想像すると、とても楽しい気持ちになったのだった。

END

あとがき

本書をお手に取っていただき、まことにありがとうございます。

今作は、旧財閥京極一族が舞台のお話です。

古くからのしきたりがあるなかなか特殊な一族です。現実離れをし過ぎないように気をつけながら書きました。

ヒーローとヒロインは幼馴染の関係ですが、ある出来事により疎遠になります。

離れている間、不遇な環境で過ごしていたヒロインを、ヒーローが迎えに来ることで物語が動き始めます。

「幼馴染」は個人的に一番好きな設定です。

そして財閥一族での「出生の秘密」も好みのキーワード。

ヒロインは早くに両親を亡くしているんですが、家族愛についても考えながら書きました。

今作は登場人物が多く、とくに親族（伯父や伯母）がたくさん出てくるので、なるべく伝わりやすくするのが難しかったです。

イラストは、鈴倉温先生です。

イメージ通りのかっこいいヒーローと可愛いヒロインに、柔らかなピンクの綺麗な背景。

最高なカバーをありがとうございました。

出版まで携わって下さった全ての皆様。

そして、最後まで読んで下さった読者様に感謝を。

どうもありがとうございました。

またお会いできるように、がんばります。

吉澤《よしざわ》紗矢《さや》

吉澤紗矢先生への
ファンレターのあて先

〒104-0031
東京都中央区京橋1-3-1
八重洲口大栄ビル7F
スターツ出版株式会社　書籍編集部　気付

吉澤紗矢先生

本書へのご意見をお聞かせください

お買い上げいただき、ありがとうございます。
今後の編集の参考にさせていただきますので、
アンケートにお答えいただければ幸いです。

下記URLまたは二次元コードから
アンケートページへお入りください。
https://www.ozmall.co.jp/enquete/IndexTalkappi.aspx?id=2301

ベリーズ文庫

この物語はフィクションであり、
実在の人物・団体等には一切関係ありません。

望まれない花嫁に愛満ちる初恋婚
～財閥御曹司は想い続けた令嬢をもう離さない～

2024年6月10日　初版第1刷発行

著　者　吉澤紗矢
©Saya Yoshizawa 2024

発行人　菊地修一

デザイン　hive & co.,ltd.

校　正　株式会社鷗来堂

発行所　スターツ出版株式会社
〒104-0031
東京都中央区京橋1-3-1　八重洲口大栄ビル7F
TEL　03-6202-0386（出版マーケティンググループ）
TEL　050-5538-5679（書店様向けご注文専用ダイヤル）
URL　https://starts-pub.jp/

印刷所　大日本印刷株式会社

Printed in Japan

乱丁・落丁などの不良品はお取替えいたします。
上記出版マーケティンググループまでお問い合わせください。
定価はカバーに記載されています。

ISBN 978-4-8137-1593-1　C0193

ベリーズ文庫　2024年6月発売

『御曹司と再会したら、愛され双子ママになりまして～身を引いたのに一途に迫られています～【極甘婚シリーズ】』皐月《さつき》なおみ・著

双子のシングルマザー・有紗は仕事と育児に奔走中。あるとき職場が大企業に買収される。しかしそこの副社長・龍之介は2年前に別れを告げた双子の父親で…。「君への想いは消えなかった」――ある理由から身を引いたはずが再会した途端、龍之介の溺愛は止まらない！　溢れんばかりの一途愛に双子ごと包まれ…！

ISBN 978-4-8137-1591-7／定価781円（本体710円＋税10%）

『鉄仮面CEOの溺愛は待ったなし！～"妻業"始めたはずが、旦那様が甘やかし過剰です～』にしのムラサキ・著

世界的企業で社長秘書を務める心春は、社長である玲司を心から尊敬している。そんなある日なぜか彼から突然求婚される！　形だけの夫婦でプライベートも任せてもらえたのだ！と思っていたけれど、ひたすら甘やかされる新婚生活が始まって⁉　「愛おしくて苦しくなる」冷徹社長の溺愛にタジタジです…！

ISBN 978-4-8137-1592-4／定価792円（本体720円＋税10%）

『望まれない花嫁に愛満ちる初恋婚～財閥御曹司は想い続けた令嬢をもう離さない～』吉澤紗矢《よしざわさや》・著

幼い頃に母親を亡くした美紅。母の実家に引き取られたが歓迎されず、肩身の狭い思いをして暮らしてきた。借りた学費を返すため使用人として働かされていたある日、旧財閥一族である京極家の後継者・史輝の花嫁に指名され…⁉　実は史輝は美紅の初恋の相手。周囲の反対に遭いながらも良き妻であろうと奮闘する美紅を、史輝は深い愛で包み守ってくれて…。

ISBN 978-4-8137-1593-1／定価781円（本体710円＋税10%）

『100日婚約なのに、俺様パイロットに容赦なく激愛されています』藍里《あいさと》まめ・著

航空整備士の和葉は仕事帰り、容姿端麗でミステリアスな男性・慧に出会う。後日、彼が自社の新パイロットと発覚！エリートで俺様な彼に和葉は心乱されていく。そんな中、とある事情から彼の期間限定の婚約者になることに⁉　次第に熱を帯びていく彼の瞳に捕らえられ、和葉は胸の高鳴りを抑えられず…！

ISBN 978-4-8137-1594-8／定価803円（本体730円＋税10%）

『愛を秘めた外交官とのお見合い婚は甘くて熱くて焦れったい』Yabe・著

小料理屋で働く小春は常連客の息子で外交官の千隼に恋をしていた。ひょんなことから彼との縁談が持ち上がり二人は結婚。しかし彼は「妻」の存在を必要としていただけと聞く…。複雑な気持ちのままベルギーでの新婚生活が始まると、なぜか千隼がどんどん甘くなって⁉　その溺愛に小春はもう息もつけず…！

ISBN 978-4-8137-1595-5／定価770円（本体700円＋税10%）